文經社

文經社

文經社

文經社

文經文庫 151

# 心情不下雨

琹涵　著

文經社

文經社的徽記是
「播種者」。
播種者的精神是：
辛勤播種的，
必歡呼收割。
我們以此自惕，
也和讀者共勉。

# 表露——代序

琹涵

有個年輕的女孩跟我說：「我覺得你現在的文章和以前有很大的不同。以前比較偏重於靜思所得，現在則取材於生活，更彰顯了你的多情。」

她的說法我大致同意。我的本質並沒有變，至於爲什麼卻給了別人截然不同的觀感呢？我想，生命是不斷成長的歷程，一個誠懇的文字工作者如果長久維持著相同的面貌，豈不也表示了他的停滯不前嗎？這，恐怕不是可喜的現象吧！其實，我也只是把更眞實的自己表露出來罷了。

我從來是害羞的，雖然努力想要修正自己，但是，如果我有法子隱藏自己，在本能上，我還是恨不得躲起來。散文，到底是直陳心靈，於是，我選擇了表白個人的思維，卻儘量不對自己的生活做太多的鋪陳。我不習慣將整個人暴露在陽光底下一覽無遺，那眞教我想來怖慄，豈不成爲一個通體透明的人？只是，我畢竟寫了相當長的時間了，寫作是要寫自己所熟悉的，慢慢的，我也得到許多善意的鼓舞。生活，是一本豐富的大書。有時候，我會遇到一些讓我感動的人、事和物，我把他們寫出來，讀者也必然從其中獲得一些啓發。

當我不再刻意有所迴避時，這些素材便有可能從我的筆端流溢出來，讀者也是好奇的吧！當他們看到了屬於我的生活故事，不管是溫馨可人或滑稽突梯，都是活生生的演出。就在我的歡笑或眼淚中，他們看到的，已不只是一個單純的故事，而是面對一個親切的故人。

我知道，我已不能再回到屬於自己的象牙塔裡，外面的世界雖然有淒寒的風雨，但一切都會過去，它也一樣有溫暖的陽光在頻頻招手。

目次

## 輯四・無樂

# 輯一・無喜

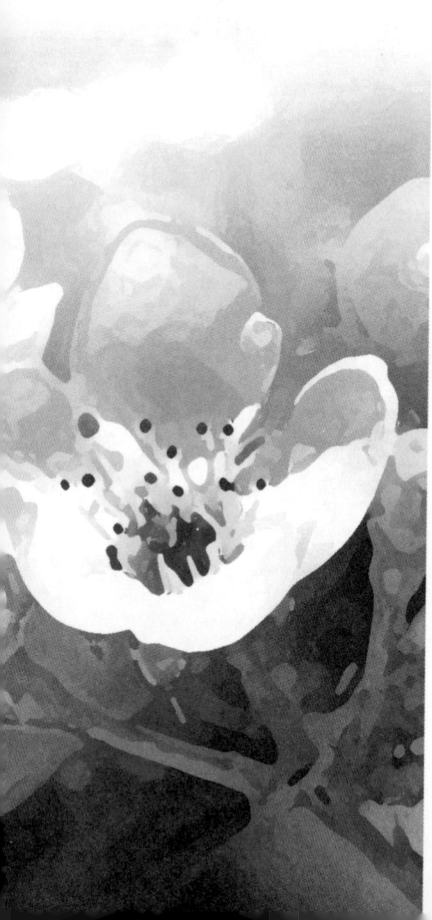

# 心情不下雨

原來，心情是可以不下雨的，如果你能永遠保持樂觀上進，一切並不如想像中的困難。

不論遭遇了怎樣的困頓，都別讓心情下雨。

流淚哭泣只是一種示弱的表現，除了情感的宣洩，又何嘗有什麼正面的意義呢？

然而，畢竟我們很難保持心境永遠是朗朗晴空。生活裡的諸多不順遂，都像是一朵朵的烏雲，障蔽了原有的藍天，這非我們所願；但，與其怨天尤人，何不積極化解？

寬容是重要的。由於能包涵，故而有容乃大。於是，反觀本心，便能無所罣礙。歡喜也好，悲傷也好，一如雲淡風輕，不見任何影響。

我們看大山的不辭土壤，大海的不擇細流，才能成就其宏偉浩瀚，又哪裡是毫無原由的呢？

我有個朋友被公認是個極有修養的人，謙和待人，總是歡歡喜喜過日子。我們對她十分欣羨，不免要問她有什麼祕訣？

她說：「人世的愁苦太多了，每個人都有他的負荷，我只是努力解決自己的難題，儘量不麻煩別人罷了。」

「可是，你又怎麼能天天笑口常開呢？」

「一笑解千愁，即使是快樂也需要認眞去追求。世上並沒有不勞而獲的成果。我常常告訴自己，一定要堅強獨立、自求多福，這才是愛自己的表現，如果連自己都不愛，又怎能希望別人來愛我呢？」

所以，她努力維持心情上的歡愉，不讓沮喪、灰心、絕望的情緒走進心中。

原來，心情是可以不下雨的，如果你能永遠保持樂觀上進，一切並不如想像中的困難。

# 順逆

一支蠟燭，如果沒有心，就不能燃燒；即使有心，也要點燃才有意義。點燃的蠟燭會有淚，但總比沒有燃燒的好。

生活原本是多面的，並不是每件事都如藝術品般的精緻美麗，但即使我們陷入泥淖之中，也不要忘了仰望陽光。當希望進入我們的心中，眼前的苦澀就不會那麼難以吞嚥了。

我們一生中所遭逢的順逆，就如同光和影的追逐，交迭互見。實則順境不足喜，逆境不足憂。重要的是：在順遂時，你知所珍惜嗎？在逆境時，你心存感恩嗎？

我在書上讀過這樣一句話：「一支蠟燭，如果沒有心，就不能燃燒；即使有心，也要點燃才有意義。點燃的蠟燭會有淚，但總比沒有燃燒的好。」

是的，燃燒才使蠟燭發揮了它的功用。縱然因爲燃燒而使它寸寸短去，最後終將燭淚斑剝，但才眞正具有價值。

人生也是這樣的吧？走在坎坷的際遇裡不免艱苦，但如果我們從中多有領會，前事不忘，後事之師。這已然是一種收穫了。

我常在聆聽音樂時，明白是那高低起伏的音符譜就了迷人的樂章。那麼，我們曾經遭逢的一切順逆，又何嘗不像是曲折有致的人生之歌呢？懂得這個道理，又何必在面對拂逆時哀傷流淚呢？

人生的旅程不可能永遠一帆風順，難免遇到窮山惡水的時刻，彷佛已無前路可尋。然而，只要勇於堅持理想，終究得見柳暗花明，豁然開朗。如此說來，只要跨越拂逆，便見坦途。

就讓我們以平靜的心情，接受今生所有的試煉吧！

# 飛

幸好不曾呆坐在那兒，沈溺於一個虛幻的夢裡，而是認眞以赴，不敢懈怠，向著高懸的理想邁進，果然上天給了一個意外的禮物呢！

年少的他，心比天高，最大的想望是：在空中飛翔。是的，想飛正是他的夢。可是，他沒有翅膀，不能像鳥兒一樣直上藍天。隨著年齡的增長，他的體重也益發增加，這令他憂心忡忡。如果能身輕似燕，說不定飛翔還有可能實現，但，現在，重得像鉛球一般，只怕不一會兒便急遽墜落了。飛？有如幻夢，遠在雲端，難以企及。

後來，他長大了，讀了更多的書，生活的忙碌，讓他逐漸淡忘曾經有過的少年夢想。

在求知的過程中教會了他：世上無僥倖可得之事。他孜孜矻矻，不曾有絲毫的鬆懈，也終於有了成就，在學術研究的領域裡大放異彩。這些年來，他常應邀四處講學，爲了節約往返的時間，他經常需要搭乘飛機飛來飛去。

這不也是一種「飛」嗎？原來，當許多歲月流逝以後，年少時的夢竟也成眞。他不禁啞然失笑。也許，夢想無根，飄浮不定，他到底屏棄了華而不實的迷夢，而以踏實的態度來面對生活和工作，也終究卓然有成。寧可放棄一個不切實際的夢，去種一棵樹，有一天會成爲綠蔭深濃的大樹，庇護無數的人們；去種一畝田，即使汗滴禾下土，最後也會結成纍纍的稻穗以爲回報；去做有意義的事，一步一脚印，也必然可以看到累積的成果非凡。

幸好不曾呆坐在那兒，沈溺於一個虛幻的夢裡，而是認眞以赴，不敢懈怠，向著高懸的理想邁進，果然上天給了一個意外的禮物呢！

# 鼓勵

當別人做得好時，請不吝惜給予稱讚，眞誠的讚美是最動人的鼓勵。當別人做得不夠好時，請給予諒解和同情，誠懇的支持也是極佳的鼓勵。

老朋友打電話來，十分沮喪。

「我那寶貝兒子，功課一團糟，英文考四十二分，數學也只有四十二分，才高一哪，你看這該如何是好？」

其實她的兒子溫厚善良，十分可愛，唯一讓老媽不滿的，也只是功課罷了。

「他很好啊！品行端正，身體健康，待人接物有禮貌，優點很多。因爲他已經有這些優點了，所以你便一點也不稀奇了。他的功課不好，你整天叨叨唸唸，耿耿於懷，老覺得他怎麼不多用功些。今天，倘若他誤入歧途，結交損友，吸安販毒，你又如何想？如果他的身體很差，經常出入醫院，恐怕你只要求他健康就好了。正由於他的品行和健康都沒讓你操心，你就一再苛求他在課業上要出人頭地。其實，孩子乖巧最要緊，多鼓勵他，從正面來引導他，慢慢來，有進步就好了。」

朋友仔細想想，也覺得有道理。她笑說：「好奇怪，這些話我也常跟學生的家長說，可是，爲什麼自己反而看不到兒子的優點呢？」

「我想，母親的心對兒女有更高的期待，難免會有更多的要求，有時候反而不夠客觀。」

實則每個人都需要鼓勵，孩子更是如此。

在責罵中長大的孩子會退縮畏怯。

在鼓勵中長大的孩子會積極自信。

當別人做得好時，請不吝惜給予稱讚，眞誠的讚美是最動人的鼓勵。當別人做得不夠好時，請給予諒解和同情，誠懇的支持也是極佳的鼓勵。

# 因爲有愛

人間行路，偶一回首，不得不承認：因爲有愛，可以艱苦不辭；因爲有愛，生命才能茁壯成長。

生命是一個奇蹟，充滿了愛。

人類一出生無法自立，褓抱提攜，三年始免於懷，故而父母之恩如山高海深。人之有別於禽獸，即在於有反哺感恩的心，也就是對愛的回應。

必然是曾經在周全的照顧下，才得以順利長大；是在關懷和愛的氛圍裡，才得有良好的人格。就像顆顆青綠的橘果，於殷勤的看顧之後，蟲害無由侵犯，風雨不曾摧折，它在綠葉之間逐漸轉爲圓熟，紅黃交相映，彷彿被敷上了美麗的顏彩，靜靜的蓄積養料，等待著甜蜜和豐美的到來。

我在鄉下教書的那些年，認識了一個種水果的朋友，他的芭樂又大又甜，十分好吃，贏得交加稱譽。我很好奇，爲什麼我從來不曾吃過這麼清脆香甜的芭樂呢？他種芭樂，可有怎樣的祕訣？

他笑了起來：「沒有祕訣，只是要多多用心照顧。」

連好吃的水果也是由費心的照料得來，而人才的造就更加不易，更須花費大量的心血來栽培養育。

所以，我們絕非天縱英明，生而知之，今天，我們能成爲堂堂正正的人，有知識、有能力，奉獻所學，那是由於在我們的成長過程中，曾經接受過無數人的善意、教誨、帶領和扶持，這都是愛的涓滴流注，帶給了生命豐厚的滋養和活潑的生意。

人間行路，偶一回首，不得不承認：因爲有愛，可以艱苦不辭；因爲有愛，生命才能茁壯成長。

# 追尋

鼓勵每個人都有追尋夢想的勇氣。只不知在輾轉的追尋裡，會不會有一天驀然回首，燈火已闌珊？

人生是場無止盡的追尋。

追尋什麼呢？每個人都未必相同。有的是高官厚爵、功名利祿，有的是延年益壽、青春永駐，有的是利國福民、世界大同。……層次雖有高下，心中的企盼則一。

更多的時候，我們追尋的是一個夢想。從現實的紛擾裡，舉揚到一個高遠的夢境，讓人忘卻世俗的坎坷。

在追尋的過程中，無可避免的，任誰都會遭逢到一些阻礙，你又將以怎樣的態度來看待呢？逃避畏縮或堅強面對？

有一個知名的企業家，在接受採訪時，記者問他，他是如何使美夢成眞的？

他說：「即使是現在，我也仍然認爲自己還在學習之中。學海無涯，怎能不勤奮努力呢？我在做生涯規畫時，分長程與短程目標，務必切實可行。我以爲，只要有理想，肯鍥而不捨，所有阻礙都不應放在心上，反而要愈挫愈勇。我也相信，累積了無數小小的成果，便也會有令人驚羨的好成績。」

我想，不好高騖遠，肯實事求是，應該是他成功的利器吧！

鼓勵每個人都有追尋夢想的勇氣。只不知在輾轉的追尋裡，會不會有一天驀然回首，燈火已闌珊？但，深信在追尋的過程中，也必然大有啓發。

# 暖風吹過

紅塵雖然多采，有時卻也寒涼。當我們一路踽踽前行，風沙大，寂寞無人問，此際，彼此之間的關懷、同情和愛，一如暖風拂過心頭，帶給我們許多的鼓勵和溫馨。

當東風吹來，春天的脚步近了，所有屬於冬的沍寒一日日走遠，我們的心也彷彿開始甦醒。

此時，大地一片生氣勃勃，草木萌發，春溪水漲，連鴨子也成群結隊的在陽光下歡唱著。冬日的蕭索已不再，每個人的心頭暖洋洋的。一年之計在於春，剛起頭兒多的是希望。

雖說，每個人的一生不過是從搖籃到墳墓；然而，我們也看到了偉人的勳業彪炳，名垂千古。曾有無數的碩彥俊傑奉獻了一己的才學，使我們的世界更臻於美善。當我們領受他們的創見和發明的豐碩成果時，能不心生感激嗎？人世的壽命有限，他們卻精神長存，多麼值得景仰。

紅塵雖然多采，有時卻也寒涼。當我們一路踽踽前行，風沙大，寂寞無人問，此際，彼此之間的關懷、同情和愛，一如暖風拂過心頭，帶給我們許多的鼓勵和溫馨。紅塵雖稱不上樂土，但，畢竟大有可爲，是我們生存的依據，相信在群策群力之下，它將會成爲一塊福地。

暖風過處，愛是永不止息的滋養了生命。當暖風吹起，處處可見微笑的臉龐和盎然的生機，爲世界增添了美好。

# 我的家在鄉間

當我長大，再來回顧，今天如果我能寬厚的待人，和別人友善相處，那是因爲年少時我在鄉間受到的熏陶，知道萬物和諧共榮的必須。

成長的歲月一直在鄉下度過。

鄉下，多的是山青水碧和淳厚的人情。小時候，我們常呼朋引伴四處去玩，淳樸的鄉間，車輛少，治安也好，因而父母也放心讓孩子在外頭流連。我們多半玩沙，做一些兒童遊戲，或者到同學家。有的同學住在漁村，我們便跟著去欣賞魚塭和夕照美景；有的同學家長是做木工的，我們便站在一旁看怎麼刨木？怎麼做家具？怎麼打蠟上光？我們最羨慕的是有個同學爸爸是警察，還佩有手槍呢。警察會抓小偷，眞叫我們肅然起敬，那正是我們心目中打擊魔鬼的「英雄」。

鄉下生活每天有新的驚奇，等待我們去挖掘。花草的消長，四季的更迭，我們編草蚱蜢，鳳凰花也可做出漂亮的蝴蝶，當滿樹蟬兒高唱時，頑皮的男生就伸著長竹竿以瀝青去黏他們，有的男生還爬上樹去偷窺鳥巢裡的蛋或小鳥……

學校裡的功課容易應付，我們課餘的時間都和大自然爲伍。而大自然也像一本書，內容豐富，讓人目不暇給，啓迪也多。

在那個沒有聲色之娛的寧靜鄉村中，我平安的走過幼稚的時光。當我長大，再來回顧，今天如果我能寬厚的待人，和別人友善相處，那是因爲年少時我在鄉間受到的熏陶，知道萬物和諧共榮的必須。如果我溫和的個性，積極樂觀的人生態度，能贏得友輩們的稱揚和敬重，那是由於家在鄉間時，我從四時的運轉中，了解到「自強不息」的重要。

原來，我的家在鄉間，是上天給予的厚賜，藉著這美麗的機緣來教導我，要時時心存謙卑和感恩。

# 花朶綻放

我們要盡量開發內在的潛能。若是琴弦，便不讓它瘖瘂；若是火炬，便得將它燃亮。

如果花不綻放，何以遞送芬芳？如果濃雲密布，何以見到朗朗天日？如果一座山永不開發，又何以採取豐厚的礦藏好爲世人所用呢？內涵豐美，若不加以展現，知者又有幾人？又何嘗發揮了它的功效？

綻放是一朶花的責任，至於，如何充實內涵並努力發揚，讓我們的世界因而邁向更美好，這是我們每個人職責的所在。

「曖曖內含光」固然令人欽仰；然而，畢竟時代的步履加快，我們惟有將自己的心扉開啓，讓智慧的光芒得以散放，那麼，我們的奉獻才能使世界日臻美善。

平凡有它的可喜，畢竟少了「動見觀瞻」的拘謹，也多了從容自在的意趣。一個平凡的人，只要肯盡其在我，踏實用功，一樣對社會有所貢獻，其清白的家風，淳樸敦厚同樣讓人敬重。他的生命也已散發了光和熱，帶給周遭一片溫暖，無論怎麼說，都不虛此行了。

所以，我們要盡量開發內在的潛能。若是琴弦，便不讓它瘖瘂；若是火炬，便得將它燃亮。生命的可貴，在於善盡一己之力，服務他人，我們也在別人感激的淚光中，尋覓到生命的眞諦。

一個人愈是胸懷無私，愈能感覺衷心的快樂，覺得自身像一朵花，正逐漸綻放，有芳香輕輕流溢。

# 炊煙

每一個時代的孩子都有屬於各自的遊戲，相較於現今的貧乏和蒼白，我們的童年則太豐富，且充滿了啓發和創意呢！

童年時候，家住鄉下。父母忙於生計，常無暇顧及我們，所幸當時民風淳樸，父母也放心讓我們和友伴四處遊玩，只叮嚀要記得準時回家吃飯。

小時候的我們當然戴不起手錶，放學後便一溜煙不見了蹤影，直等到炊煙四起，家家忙著生火煮飯時，就急急忙忙的趕回家，果然不曾誤了時間。

或許那時年齡太小，未必能體會父母劬勞，四周的友伴家境也都差不多，僅夠溫飽而已，當然沒有餘裕能送去學習各種才藝。但我們可以自由自在地徜徉在大自然的懷抱裡，看山水風光，看花開花落。我們從四時的運轉中，了解規律的重要和自強不息的可貴；我們也從大人勤奮的身影裡，明白發憤圖強的可敬，有太多的無言之教是由那段日子習得的，因而長大以後的我們樂觀進取，不勞父母費心。

到現在，我仍記得黃昏時家家的炊煙四起，那是鄉間特殊的景象；今日，户户換用了瓦斯，已不再生火燃煤，景況竟是大大有別。如今的治安不比當年，父母恐怕也不放心讓孩童們到處遊蕩，以防遇到壞人，滋生事端，留下悔恨。我突然感到自己能在山青水碧，民風質樸中平安度過成長的歲月，是一樁怎樣的福分啊！

隨著時代的變遷，炊煙竟然只能在回憶中追尋，年少的朋友畢竟隔閡太深，說不定連想像也無從理解。每一個時代的孩子都有屬於各自的遊戲，相較於現今的貧乏和蒼白，我們的童年則太豐富且充滿了啓發和創意呢！

# 未來

凡是努力過的，必然會留下痕跡。讓我們盡力而爲，實現自我，至於成效，也不見得那麼值得在意了。

對於不可知的未來，我們是好奇的，於是，有人研究占星卜術，爲的是希望能稍窺一二。

其實，如果眞的能在事前便已預知了一切，那麼，這一趟人生之旅，恐怕是更單調無趣的吧！自己所走的每一步路，都無法脫離命運的掌控，這有多麼可悲啊！彷佛我們只是棋盤上的棋子，任憑擺布而毫無自主的能力。

你願意這樣嗎？

我寧可承認未來的不可知，如此，個人才有發展的空間，生命也才充滿了期待。雖然，在追求理想的過程中依舊有阻礙和挫折，可是，由於並非命定的絕望，也才給了自己願意放手一搏的勇氣。倘若，一切早已在命運的安排之下，而又爲我們所知的話，那麼，就依照既定的軌道來走，了無趣味。我們不過是造物者的玩偶，身上懸著不可見的鎖鍊，聽命於主宰者，不得有絲毫的違抗，想來也是非常殘忍。這種説法，又那裡是我們所能接受的呢？

儘管一己的能力有限，然而，匯聚全民的力量，卻沛然莫之能禦。人類文明的演進不也來自累積之功嗎？相信，凡是努力過的，必然會留下痕跡。讓我們盡力而爲，實現自我，至於成效，也不見得那麼值得在意了。

正因爲未來的渺不可測，所以，有峰回路轉、柳暗花明的種種可驚可喜，在在豐富了我們的人生之旅。

# 每一個今天

無數個今天堆疊起來就等於我們的一生，那麼，浪費今天和虛度生命又有什麼不同呢？

每一個今天都值得我們珍惜。

也許，你會說：「今天是什麼？我看不到也摸不著呀！」是的，在這個世界上有許多寶貝未必有實體的存在，但是，我們能感覺到它的重要，如同人人都渴望幸福，又有誰能確切說出幸福的形貌呢？

「今天」也是這樣吧！當我們在清晨醒來，今天便已翩然來到我面前；它雖然沒有脚，卻彷彿也能一分一秒的挪移。當我們拚命追趕，它似乎也跑得更快了。夜暮低垂，我們疲倦睡去，今天便悄然從我們身旁遠走，變成昨天。

「明天」有我們的嚮往，但畢竟飄渺無依，當明天到達我們跟前時，它已改名「今天」了。

所以，不要爲昨日懊惱憂傷，因爲那已成爲過去，不能挽回；也不要把所有的美夢都寄託在明天，因爲那太虛幻了，到底不切實際。只有今天最爲可靠，它在我們手中。誰肯善加利用，誰便成功。這應該也算是公平的。不願辛勤耕耘的人，又有什麼資格希求豐收呢？

每一個今天珍貴如寶。聰明的人看出了它的稍縱即逝，因而努力把握，不肯有絲毫的疏失。愚笨的人卻想著明天再說吧，平白讓它流逝，等到將來後悔，也已經太晚了。

無數個今天堆疊起來就等於我們的一生，那麼，浪費今天和虛度生命又有什麼不同呢？仔細想來，我們能不以更審慎的態度來看待今天嗎？

你呢？是不是把握了每一個今天呢？

# 晨霧

長大以後的世界是否一切如願呢?在幾經滄桑之後，我們將更為謙卑，只要求平安就好。

讀大學的時候，學校高居在山上，我們經常偕晨霧遨遊，當年只道是尋常，如今想來，卻覺得詩情畫意，也許是隔著距離所帶來的美感吧！

晨霧迷濛，將大地上的景物都罩了一層輕紗。有時候霧氣濃重，居然伸出手來，見不到五指。有一回到陽明山玩，遙見學校在更高處，竟大半都被雲朵遮蔽。原來，霧也可能是地上的雲。

小時候看過電影「珍妮的畫像」，印象最深的是那個多霧淒迷的公園，穿著溜冰鞋的小珍妮說：「我繞三圈，你等我長大。」……然而，長大以後的世界是否一切如願呢?在幾經滄桑之後,我們將更爲謙卑,只要求平安就好。

有一次登臨阿里山,走在清晨的山徑上,晨霧圍攏,像層層的浪濤,一波又一波簇擁而來,那種感覺十分特殊而難忘。晨霧彷彿也有脚,輕巧挪移,不驚擾任何一個人、一棵花木,但它的面貌卻撲朔迷離,難以說得眞切,竟好似一場夢幻,或許,它的迷人也就在這兒吧!

當晨霧在山上徘徊,遲遲捨不得離去,山,也在這寧靜的氛圍裡更添了幾分清冷。但,它未必持久,一旦太陽從雲層中露出臉來,將溫暖遍灑角落,晨霧便不見了蹤影,我們才看清楚了大地的臉龐,心中也踏實了許多,此刻,當以歡歡喜喜的心情迎向前去。啊!又將是充滿了快樂的一天。

# 慈心甘露

慈悲可化爲甘露，足以滋潤乾涸的心田。多少枯瘠的土地，因缺乏雨水而呈龜裂，但求上蒼普施甘霖，以利作物的生長，方得以欣欣向榮。

慈心甘露，美麗了我們生存的世界。

世人若不能以慈存心，社會將會更形混亂。人人只是自私的爲一己打算，不免爾虞我詐，秩序蕩然無存，忠誠寬恕正義的美德也就無處可尋覓了。

慈悲可化爲甘露，足以滋潤乾涸的心田。多少枯瘠的土地，因缺乏雨水而呈龜裂，但求上蒼普施甘霖，以利作物的生長，方得以欣欣向榮。

慈心悲願都是瑰寶。從慈悲心出發，待人以禮，謙恭自持，且善解人意，時時給予關懷鼓勵，何嘗不也是一種無形的甘露呢？讓所有接近的人都得溫暖和照拂，更有勇氣來面對挫敗的際遇，也相信陰霾終會過去，希望正在不遠的地方招手。

吝惜的人褊狹，凡事總把自己的利益擺在第一，善於斤斤計較，畢竟失了寬厚的心地。予取予求，視爲當然，卻不知能捨方能得，有大捨才有大得。

所以，懂得「服務」的人有福，經常「奉獻」的人快樂。那是他將心中慈悲的善念化作了人間的甘露，溫潤了每一寸枯乾的土地，讓植物的生機復甦，重新枝繁葉茂，花團錦簇。

如果，人人都努力發揚心頭的慈悲，那麼，所有的惡念便無由萌生，也使得暴戾之氣止息，世間因而添了幾分安詳和平。

# 拜訪古蹟

拜訪古蹟，實則有對先人的緬懷，也難免生思古之幽情。在天災人禍裡，歷經無數的劫難之後，有幸能存留下來的古蹟，也真值得我們歡喜讚嘆。

那是出名的古蹟，位在五光十色的都會裡，總讓人覺得突兀。由於是一座廟宇，香火倒也鼎盛，從四面八方不辭路遠前來進香祈福的，不可勝數。傳說，廟裡供奉的文昌帝君很靈驗，於是每居聯考，善男信女更是絡繹於途，祈求神明護祐高中金榜。

是不是身居混亂的時代，人們反而失去自信，不知未來的路當如何走才會更好？或許，未知本來就令人掛心。誰不希望有個美好的明天？可是，能由自己掌控的部分畢竟有限，不免要焦慮難安，求神指點迷津或降福。

人心的渙散，在這五濁惡世裡尤爲彰顯，且看各地廟宇的人潮，便屬明證。

這種現象，多麼讓人爲之扼腕。

居家附近就是龍山寺，在車如流水的馬路旁，幸好還尋得著些許陳舊幽暗的古意，已是不容易了。當學者們大聲疾呼，要保存並維護古蹟以爲傳承，這實在是一件饒有深意的工作，目的在使人們對歷史文化有珍惜之心，同時對現代文明亦有檢討與省思之意。

古蹟的存在，是豐厚的先人遺產。即使是斷垣殘壁，如同廢墟，然而，由於曾有過輝煌的歷史照耀，儘管時代湮沒，不論是希臘的神殿，羅馬的競技場，如今都成爲觀光的重點，那是人類文化的紀念碑，世人也以懷舊的心情加以憑弔。

拜訪古蹟，實則有對先人的緬懷，也難免生思古之幽情。在天災人禍裡，歷經無數的劫難之後，有幸能存留下來的古蹟，也眞値得我們歡喜讚嘆。

# 微風細雨

我是世間不急之人，於是，好風與之俱，好水與之來，能說不是有福之人嗎？

微風細雨，彷佛是寫於天地間一首最動人的詩，帶給我們優閒自在的況味。當然，我們得先有一顆從容的心，才得以欣賞紅塵的好風好水。

坐著享受微風的輕拂，細雨正如簾，使大地蒙上了一層神祕的面紗。我是世間不急之人，於是，好風與之俱，好水與之來，能說不是有福之人嗎？

世人多汲汲於名利，自無空閒來面對微風細雨，竟至不能領會上天的恩寵。或許，鐘鼎山林亦各有天性，原本無可強求。那麼，各有所愛又有什麼不對呢？只要能甘之如飴，無所怨悔，便也是歡喜。我雖然不曾住華屋美廈，出入無車以代步；然而，時時享有天然佳景，做的盡是別人眼中的「不急之務」，卻深知其間有大樂趣，又豈是言語所能道盡，文字所能描繪？

看遠山如黛，碧波橫陳，更由於有輕風微雨的點綴，讓人心曠神怡。大自然的懷抱永遠敞開，等待和你結緣，卻未必人人都能如願。有的人因爲忙，於是佳景當前亦視若無睹，何嘗有絲毫的悅樂之情呢？原來，有閒亦是福氣，方得以遊山玩水，處處和美相逢。

縱然今生我只是一個平凡的小人物，不見富貴名聲，但也毫無遺恨。因爲，能於此閒坐，看微風細雨，賞四時佳興，畢竟世間有幾人能得此閒情呢？

閒人心閒，安步有餘樂，好風好水亦相隨，多麼快樂逍遙！

# 繁華落盡

當繁華已全然落盡，生命本質中的眞淳便得以顯現，自有一番雍容雅潔。

我喜歡王維的詩，卻對他一生的轉折感到迷惑。年少的他，曾是多麼熱中於功名的追求，不惜向公主獻上「鬱輪袍」，以求取仕進。當然以他自身的才華洋溢，想要飛黃騰達，不肯久居人下，暗淡無聞，這般的深切期許也是可以理解的；但，爲什麼他到了中年以後，反而從繁華靡麗轉爲淡泊寧靜呢？果眞是反璞歸眞了嗎？

王維的母親虔心禮佛，師事大照禪師三十多年，無疑的，也帶給了他一些影響。王維雖曾在政治的舞臺上平步青雲，受到宰相張九齡的提拔而迭有升遷。不幸的是，天寶年間安祿山叛亂，玄宗倉皇避走，王維扈駕不及，竟被賊兵擄獲，即使他服藥託病，也難逃被迫擔任僞官的惡運。幸好於這期間曾因安祿山在凝碧池上大宴賓客，歌舞奏樂，以爲慶功，王維在悲憤之餘，寫下了〈凝碧池詩〉，後來亂平，王維因此詩得以減罪。

但，對王維而言，這次的變故是個沈重的打擊，自此，他寄情於山水和宗教，晚年甚至長齋，不衣文綵。其實，早在妻子死後，他的生活便更加簡單了，常和好友裴迪浮舟往來於輞川間，彈琴作詩，盡享田園的美好。塵俗離他是愈來愈遠了，此時他的詩也清新可誦，想必是出於山水清音的陶冶和佛教思想的啓迪。

他終於不再在意世俗的功名了，卻也因此造就了他詩文的不朽。

當繁華已全然落盡，生命本質中的眞淳便得以顯現，自有一番雍容雅潔。

# 秋的教誨

努力之後必可否極泰來，一如辛勤耕耘後的豐收。秋，從來不曾多費唇舌，卻隨時都給了我們深刻的教誨。

總覺得秋是一個豐裕的季節，有許多的收成，正靜待著辛勤的主人前來領取。

這多麼值得省思。凡是努力耕耘的，才能有豐美的收穫。大地的誠信不欺，果眞爲人們昭告了踏實的重要。

事實上，也唯有汗滴禾下土，才造就了纍纍的稻穗。那金黃的顏彩，閃耀著迷人的光芒，是秋日最生動的色澤。此時，楓葉逐漸轉紅，橙黃橘綠，秋天是美麗的。然而，爲什麼詩人愛說秋是淒涼蕭索的呢？會不會正是由於詩人的心緒暗淡，故目之所遇但覺處處悲悽？倘若他有歡愉的心情，也一定會看出秋的繽紛與可愛吧？

原來，悲喜只在一念之間。原來，我們的心詮釋了所有外界的表相。

請問，秋帶給你的，又是怎樣的感覺呢？

每當我走在秋光裡，無論晨昏，我都是歡喜的。若我能見到朝陽的升起，又是嶄新一日的來到，這眞是值得慶幸的事，有多少人受疾厄之苦，惶惶然不知有明天，眞教人同情。而我，能健康的穿梭在大街小巷中，自在快樂的做我想做的事，其間必有上天的深情眷顧，我能不心存感激嗎？

所以，即使經濟拮据，我都告訴自己：我可以擁有一個豐足的精神生活。到大自然去，看四周光影的變化，聽鳥語，品泉賞花，我依然滿心喜悅。即使遭逢拂逆，也願勇敢的面對坎坷。世上哪有過不了的難關呢？

努力之後必可否極泰來，一如辛勤耕耘後的豐收。秋，從來不曾多費唇舌，卻隨時都給了我們深刻的教誨。

# 內心的聲音

開朗有必要，豁達有必要。原來，怎樣的心，便有怎樣的詩文，造就怎樣的人生。

我從來都相信言為心聲，因此，每當援筆為文時，總戒愼恐懼，但願字字眞誠，無一語空泛。

近日讀書，讀到宋朝兩位天才少年的故事。

有一個叫王令，從小詩文都寫得極好，讀過的人讚不絕口，說是可以和韓愈、孟浩然等詩家相比美，而他年紀輕輕的，前途未可限量；他的天象算術更是絕妙高超，在仁宗嘉祐年間已名滿天下。

另一個是邢居實，才氣縱橫，聲名遠颺，八歲時所寫的詩文已讓當時的人交相稱譽，是蘇東坡、黃庭堅等大詩人的「忘年之交」，在神宗元豐年間早就獲享大名。

可惜，他們都屬於早夭的天才，王令二十八歲就去世，邢居實死得更早，才二十一歲。

奇怪的是，他們的詩文同樣都帶有濃厚的悲觀、怨悔、憂憤和淒涼的筆觸。生命對他們而言，彷彿並不是一個歡欣的期待，而是一場失意憔悴的折磨。

是因爲長年浸淫在那哀傷沈鬱之中，因而不得享有天年？是由於欠缺積極樂觀的心態，因此整個生命也顯得灰暗短促？

所以，開朗有必要，豁達有必要。原來，怎樣的心，便有怎樣的詩文，造就怎樣的人生。

# 甘於平凡

為什麼一定要去攀摘天上的星辰，卻忽略了腳邊美麗的花草呢？大自然為我們展現了無限的生機，也無非是昭告我們要自強不息，切莫畫地自限。

一個身罹重病的人，自知來日已無多，倘若你問他：「如果能活下去，最想做的是什麼？」

大半的回答都是：「做一個好父親、好丈夫、好兒子。」

為什麼不是追求榮華富貴、高官厚祿呢？名利不是人人汲汲營營的目標嗎？何以當面臨生命即將終結時，這些反而都無足輕重了，倒是盡一個人的本分，做個好父母、好夫妻、好兒女來得重要呢？

名利果眞有如鏡花水月，不過是一場虛幻，又哪裡帶得走呢？不如踏踏實實，盡個人應盡的責任，爲一個和樂的家庭而去打拚。當我們善盡了人世的職責，大限之日來到，才能走得心安理得，無所罣礙。

一個有憾的人生，多麼可悲！帶著不安的情緒告別紅塵，如何走得坦然呢？一步一回首的牽繫與遲疑，又是何等的讓人不捨！

平凡裡常見眞情，而眞情無價，它讓人世充滿了溫暖可親，於是，原本寒涼荒漠也處處都有綠洲了。

平凡人過平淡的生活，不作意氣之爭，知福惜福，快樂也就無所不在了。

爲什麼一定要去攀摘天上的星辰，卻忽略了脚邊美麗的花草呢？大自然爲我們展現了無限的生機，也無非是昭告我們要自強不息，切莫畫地自限。

我甘於平凡，卻從來努力上進，希望能盡一己之力幫助整個社會更爲繁榮與和諧。

# 今年的春

春天像頑皮的孩童，總喜歡躲在不爲人知的角落裡，突然蹦出來，嚇人一跳，他卻又一溜煙的跑了。以玩捉迷藏爲樂的春，讓你無可捉摸。

今年的春特別飄忽不定，行蹤如謎。

總以爲春該來了，在幾天暖和裡，正考慮是不是該把冬衣收起來，沒料到一兩陣風來雨急之後，氣溫反又急遽下降，寒流來了！徘徊流連，戀戀不捨，秋波頻送，寒意更深，難道是冬根本沒走嗎？也或許，在這乍暖還寒的季節原本最難將息，它總爲你帶來意外的驚愕，稍不留意，便要感冒了。

果眞春天有如晚娘的面孔，翻臉比翻書還快嗎？我倒覺得，春天像頑皮的孩童，總喜歡躲在不爲人知的角落裡，突然蹦出來，嚇人一跳，他卻又一溜煙的跑了。以玩捉迷藏爲樂的春，讓你無可捉摸。

其實，春有多種面貌，有時候，他也是體貼而又周到的。

我讀王安石的詩：「閒眠盡日無人到，自有春風爲掃門。」閒居的日子何等優游，無人前來打擾，是非亦不到，享有了一切的寧靜和歡愉。唯有春風最是多情，還來爲我清掃門口呢！然而，仔細推究起來，眞正情意深厚的，恐怕還是詩人自身吧；否則，何以寫得出這般雋永可愛的小詩？

儘管春的行蹤飄忽，但，我確信它已蒞臨，在枝頭的點點新綠裡，也在我們溫煦的有情心中。

# 逐夢

有許多的因素都可能成爲我們學習的阻礙，可是只要勇於堅持理想，尋覓屬於自己的機會，總會有如願以償的一天。

突然見到以前的老同事，心中十分歡喜，原來，她到師大來修習第二專長——美術。

我知道繪畫一直是她的夢想。年少時不曾得到栽培，及長，有了家庭、孩子，更是忙碌；然而即使這樣，她仍然常看展覽、畫冊，也常自修習畫，她有濃厚的興趣，只可惜乏人指點，總在藝術殿堂的門口徘徊流連。

她興奮地跟我述說學習的過程，遇到了哪些好老師，他們又各自教了她什麼。

我彷彿看到了一條乾涸的魚，如願地滑入碧波之間，濺起了無數歡樂的漣漪。

老同事能得其所哉，也讓我分享了她的快樂。她說：「現在我每天都畫，而且不眠不休，每天我都交出一大疊畫稿，雖然很累，可是開心極了。」

這般的孜孜矻矻，毫不懈怠，一定也感動了指導她的師長吧！在我們一生中，即使是學習，也各有因緣；但更重要的是，應不廢初志，掌握機會。

有許多的因素都可能成爲我們學習的阻礙，可是只要勇於堅持理想，尋覓屬於自己的機會，總會有如願以償的一天。

「以前我畫畫，都靠自己摸索，看來形似，其實缺少技巧。所以現在有好老師指導，我覺得自己每一天都大有所得。」老同事喜不自勝地說。

我卻認爲，是因爲她從來不曾放棄自己的夢想，因此，在多年以後，她終於能一步步走向目標，使美夢成眞。

# 喜歡朋友

有人說，人生就好像在塞外行走，愈走愈荒涼，愈走風砂也愈大。而朋友是沙漠裡的綠洲，是我們軟弱時的依靠、沮喪時的安慰。

你有很多的好朋友嗎？你可喜歡你的朋友們？

但願，你的答案都是肯定的。

朋友使我們的生命變得豐富而又多采，我們從朋友那兒得到的好處是數說不盡的。人如果沒有朋友，不曉得會變成怎樣？一定是非常孤單寂寞的吧？有人說，人生就好像在塞外行走，愈走愈荒涼，愈走風砂也愈大。而朋友是沙漠裡的綠洲，是我們軟弱時的依靠、沮喪時的安慰。

有人告訴我：「我太害羞了，我不敢去認識新朋友，我怕他們會不喜歡我。」

我很驚奇。爲什麼會有這樣的想法呢？朋友相交貴在誠信。許多人能成爲一輩子的好朋友，正由於他們能彼此欣賞、互相眞誠對待。只要你有結交朋友的意願，那麼，友善的微笑、誠懇的關懷、時時體貼對方、多説溫暖鼓勵的話……都可以爲你贏得許多友誼。不要害怕，説不定別人也很想認識你呢！

每個朋友都有自己的特長，也提供我們學習的榜樣。倘若我們能懷著謙虛的心，認眞的學，有一天朋友的優點也會出現在自己的身上，這是多麼開心的事啊！讓我們一天比一天更好，也更有進步。

朋友是我們的好同伴，不只在生活中，在進德修業上也是這樣。

# 當我行經小路

生命的意義在求自我的超越，而不在對其他生物的掠奪。如果，毫無節制地相互掠奪，只有讓彼此更快陷入絕滅的境地罷了。

當我行經小路，沒有五光十色的霓虹顏彩，沒有喧鬧擁擠的車流人潮。它在靜謐中透出幾分寂寥，反而更像屬於我的小路。

在鄉間人家的屋前院後，多的是這樣的小路。有的是因爲路面狹窄，車子無法奔馳其上；有的是由於路況不佳，石子路常會顛簸，怕損了愛車，於是，小路因而歸還給行人。這是一條「安全」的路，孩童飛奔跳躍，老人緩步行走，都不怕飛車狂飆。

也因爲這樣，小路縱橫，在我眼裡，它像是陸地上的河，路的兩旁也像河的雙岸，有著迷人的風光，隨著四季和光影作不同的變幻。

鄉間小路尤其引人入勝。或許因爲它安靜，於是提供了「不被干擾」的悠然，更宜於人們沈思默想。

我喜歡這靜默的氛圍，彷彿自己和大自然融合爲一，是籬邊的一朵花，是路旁的一棵樹，是飄浮於天際的一朵雲……讓所有的紛爭止息，寧靜又重回我們心中。沒有擾攘的世界一派清幽和平，那正是人類夢寐以求的淨土。

當我行經小路，我總是提醒自己，要尊重其他的生命。怎可爲所欲爲，不顧及他人呢？即使連一株植物、一尾魚，都希望它能享有自在的空間，如此，萬物才能和諧，共存共榮。

生命的意義在求自我的超越，而不在對其他生物的掠奪。如果，毫無節制地相互掠奪，只有讓彼此更快陷入絕滅的境地罷了，又何嘗得著什麼好處呢？

當我行經小路，鳥唱蝶舞，大自然展現了它無處不在的生機，我深知自己的幸運，得以享有這無邊的歡愉。縱然這一切看來是如此的平凡，然而，其間亦有上天眷顧。在這個世界上，不是人人都能得享這樣的福分。有的人看不到，有的人聽不見，有的人沒有健康的身體……

那麼，當我可以在小路上來回地走著，能不心存感激嗎？且傾聽大地的聲息，那是天籟，帶著神奇，予人鼓舞和安慰。

當我行經小路，我總要放慢脚步，好好的欣賞，莫讓良辰美景稍縱即逝。

# 輯二・無怒

# 我是故意的

每個人都會長大懂事的，相信今日愛的涓滴流注，有一天，他再回想起來，對自己當年的「我是故意的！」或許會有幾分懊惱吧！

那天有個小男生在課堂上惹我生氣。

他上課時漫不經心，尚且出言不遜，態度惡劣，讓我很不高興，下了課，他還四處揚言：「我是故意要讓老師生氣的！」

我知道以後，只能搖頭嘆氣。

他是我疼愛的學生，雖然功課不好，寫作業敷衍了事，經常忘了帶課本來，上課老愛說話，要不就東張西望、傳紙條或睡覺……而我深知，良好的生活習慣和學習態度都應及早養成，一旦家庭教育有了疏失，若現在才要改過，豈是朝夕之功？總要給他時間，總要幫助他。

但，怎麼會形成這般的「對立」呢？眞是始料所未及。

或許是由於他自知理虧，卻又極力想挽回顏面吧！

天底下的兒女不也常不知好歹，頂撞父母，把父母給氣得落淚嗎？老師既是他們在學校裡的父母，有時候也不免要氣得發抖，直以爲孺子不可教也！

每個人都會長大懂事的，相信今日愛的涓滴流注，有一天，他再回想起來，對自己當年的「我是故意的！」或許會有幾分懊惱吧！

# 明鏡

我們該力求心靈的潔淨，化除所有的污垢，代之以樂觀、鼓勵、關懷、悲憫、熱情和溫馨。

惟有時時勤拂拭，鏡子才能潔淨無垢，不沾惹塵埃。當鏡面明亮，方能清晰映照；否則，一片模糊，不也就失去了鏡子的功用？

我常搭公車，有時遇到擁擠的路口，紅燈亮起，車子暫時停了下來；有時是大塞車，前行不得。司機先生便利用這樣的空檔，把前後鏡及面前的大玻璃窗快速的擦一遍，以免影響視線，好維護行車的安全。多麼勤快而負責的司機先生！我在心裡暗自歡喜，我從來都喜歡敬業的人。

城市裡煙塵多，鏡面經常是不清楚的，惟有一再擦拭，才能恢復原有的光潔。我們的心何嘗不是這樣呢？一旦讓貪瞋痴的念頭進駐內心，欲深谿壑，豈有饜足的時候？所以，我們該力求心靈的潔淨，化除所有的污垢，代之以樂觀、鼓勵、關懷、悲憫、熱情和溫馨。如此，心中的鏡子就能保有清淨無染，洞見一切世事的本相，智慧因而增生。

不必怕風沙大、灰塵多，只要勤於拂拭，便能擁有一方明鏡，朗朗照見萬有。

# 可愛的孩子

知道努力向上，也能與別人和諧共處；言談有禮，舉止合宜，處處受人歡迎，不只自己快樂，也把歡喜帶給了大家。

希望你們都是可愛的孩子。

可愛的孩子都有禮貌，曉得敬愛師長、尊重別人、守秩序不喧譁……我常覺得：我們所以要接受教育，是爲了使我們成爲更好的人，不論在學問或品德上。而一個受過良好教育的人，表現於一舉一動間，便是彬彬有禮。

彬彬有禮的孩子討人喜歡。他們不會無理取鬧，行爲懂得節制，更能夠體貼別人，明白自己不樂意的事，也不應該加在別人的身上。

這些年來，隨著國人經濟的寬裕，父母疼愛兒女，願竭盡所能給予最好的一切，於是，不論在國內或國外，經常可以看到父母帶著兒女四處遊玩。多半的孩子都還能守規矩；有些卻不是這樣，在公衆場合裡，旁若無人的奔跑叫喊，引得人人爲之側目，這實在很丟臉。可歎的是，頑皮的孩子，依舊一無所覺，照樣吵嚷不休。

難道在家裡父母不曾教導他們嗎？在學校裡也不曾習得應有的態度嗎？或者，他們都被寵壞了，不曾好好管教的結果，就難免會有「脱序」的情形發生。

但願你都不是這樣。有幸能得到師長的關懷呵護，更要自重自愛，不讓他們操心；更要懂得奮發進取，讓他們以自己爲榮，到底沒有白疼一場。

做個可愛的孩子，知道努力向上，也能與別人和諧共處；言談有禮，舉止合宜，處處受人歡迎，不只自己快樂，也把歡喜帶給了大家。

# 轉換

原來，許多事情並非一成不變，只要肯多用一點心思，懊惱可以變成歡愉，挫敗更可以轉換爲成功。

買了幾個洋香瓜，吃的時候，才發現它既不香甜也不清脆，是很難吃的水果。

心中正在懊惱，不知道該怎麼辦才好。媽媽說：可以拿它來炒菜或煮湯。我想了想，把它切片後，先用鹽處理，再加上糖醋、麻油，居然成了晚餐中一道可口的開胃小菜，大家都搶著吃，也讓我很開心。

原來，許多事情並非一成不變，只要肯多用一點心思，懊惱可以變成歡愉，挫敗更可以轉換換爲成功。

因此，當我們面對不若預期的際遇時，與其在那兒怨天尤人，實則與事無補，倒不如冷靜思量，另謀良策，相信在努力之後，會有一個比較圓滿的結局。

這應該也是一種挑戰吧？在我們的一生裡，不順遂的時刻總是難免，那麼，你會用怎樣的心態來看待呢？是自暴自棄？還是愈挫愈勇？我終於明白：不同的應對方式將帶來大相逕庭的結果，而連成敗都源自我們的選擇。既然如此，對別人的傑出表現，其實是無需欣羨的，對一己的失敗，怕也是咎由自取呢。

我們都知道檸檬是酸的，但是，榨出汁加上糖水，也會是風味極佳的果汁，那麼，你又何必抱怨檸檬太酸呢？

明白轉換的妙用，將所有生活中的失意，都努力變成得意，那麼，我相信：你必是個眞正的勇者！

# 人與花樹

大自然的無言之教，永遠是我們的導師，展現了生命種種堅強傲岸，不妥協，更不屈服。

生命，有起始，必也有終結。

青春，如花朵般的綻放，也終有枯萎零落的一日。

這讓我們開始警覺：爲什麼自己手中的日子愈來愈少了？光陰也如同流水，一路迢迢去未停。在這個世上，到底有什麼是永恆的呢？

樹總是把根往地裡埋藏，只要根深柢固，便能枝繁葉茂。即使不幸遭逢風吹雨襲，花受摧折，葉會掉落；然而，當明年的春天來臨時，又會開花長葉，一派欣欣向榮的景象。

那麼，人呢？人應該比花樹更具有智慧才是。人，因爲有兒女代代延續，爲此生命得以傳承，而立德、立功、立言，更使生命因而不朽，一切美善的作爲都將永留世間，贏得無數後人的景仰。原來，生命中的美好並沒有消逝，它變化不同的面貌，循環不息，復始更新。

君不見「落紅不是無情物，化作春泥更護花」？

大自然的無言之教，永遠是我們的導師，展現了生命種種堅強傲岸，不妥協，更不屈服。相信我們也能有這般強韌的毅力，心中有愛，且懂得珍惜和努力，必可爲自己爭得一片朗朗晴空。

# 期盼

即使是在簡單樸實的生活裡，也無損於對理想的追求，或許就是在那專心致志中，才能攀向理想的國度。

「生命裡眞正可貴的，只是一分期盼的心情。」這是一位出名的文學大師，在他暮年的時候，跟一群年輕人閒聊時提到的話。

是因爲青春早已不再，想起年少輕狂，幾多莽撞？然而，該也是那樣的熱情，勇往直前，鍥而不舍，最後才看到了累積的成果吧！由於有那般熱切的嚮往，所以才能排除萬難，直奔理想。因而，最起始的期盼，一如生命中的火種，若沒有了火種，勢必槁木死灰，再無振作的可能。

只是，每個人對生命的期盼畢竟有別，因此，人生的路走來便大異其趣了。

什麼是你的期盼呢？

但見舉世滔滔，多少人披星戴月奔波於途中。若問：如此辛勞，所爲何事？一曰名，一曰利。名利的確迷人，可是，我願意相信，應該還有比名利更值得追尋的目標，例如理想。理想，確實值得我們孜孜矻矻，傾力以求。有人安於貧困，卻依然覺得快樂，那是因爲拮据的物質生活，並未能減損他精神上的富足。高懸的理想，可以鼓勵一個人愈挫愈勇；遠大的抱負，也讓一個人對生命裡的微小枝節懂得割捨。就像有的人投身於學術研究，而不在意商業利益；有的人追求藝術創作而寧可縮衣節食；有的人寧可到僻遠的鄉間教書，而放棄了都市的高薪所得……那是因爲在他們的心中，已然有了更高的期盼，遠超過世俗名利的吸引。

即使是在簡單樸實的生活裡，也無損於對理想的追求，或許就是在那專心致志中，才能攀向理想的國度。生命原本是莊嚴的，只要堅持心中的期盼，永不放棄努力，總有一天我們會如願以償，造福人群。

# 浮雲

> 人類有個人的意志，憑堅強對抗軟弱，浩氣長存，貧賤可以不移，威武可以不屈。

雲朵浮遊於藍天，優游自在，幾多詩情！

我們總是以這樣的心情來欣賞天上浮雲。由於在現實中的局限太多，顧慮亦不少，在在形成了束縛，於是，更嚮往雲的無心出岫。何時自己也能變成天下的雲兒一朵，飄盪四方，處處無家處處家？彷彿流浪是一種美麗，飄泊也是可期待的浪漫。

不知天上的浮雲是否會羨慕在人間遊走的我們？

浮雲無根，隨著風飄，無可克制。它會不會覺得人類比她幸運呢？人類有個人的意志，憑堅強對抗軟弱，浩氣長存，貧賤可以不移，威武可以不屈。

在王安石的詩裡，曾有這樣的句子：

不畏浮雲遮望眼，

自緣身在最高層。

以王安石的得宋神宗寵信，變法革新；然而，新舊黨爭日益激烈，安石又過於自信，卻不知「徒法不足以自行」。或許，安石以爲既已站在最高處，什麼遮障阻擋都不存在了，可嘆新法終歸失敗，國政更形隳敗。安石有他的自負之處，可是，過於剛愎，迷霧勢必障蔽了他清明的智慧。到底無法看得眞切，又怎能高瞻遠矚呢？

每個人都應謙卑自持，狂妄得意自大，將使一己的福分受到減損，又可曾得著什麼益處呢？

我不愛作無謂的幻想，覺得那太飄渺了，有違我「脚踏實地」的人生哲學。珍惜個人所擁有的，自求多福更是必要。

我不再希望能化身爲藍天中的浮雲，我只謹守個人的本分，但願盡一切的努力無愧我心，也無忝所生。

# 惜福

人的際遇，果眞有天壤之別。我們能生活在一個不斷進步的社會裡，能接受良好的教育，有一個光明的遠景可期，這不是人人都能享有的。

我常以爲：福分是上天的恩賜，不可以浪費。惜福正是感恩的開端。

清晨時，我在書桌前工作，陽光斜斜的照射進來，帶給我滿室的明亮。工作也許辛苦，可是，想到有些人因爲健康的關係無法工作，有些人想要工作卻找不到機會；而天災人禍都可能使一個人喪失生命，更何況是工作的能力呢？

那麼，今天當你可以快樂的上學，有師長的教導、同學的友愛，能在一個安靜的環境裡讀書，你是多麼幸運的孩子！爲什麼還要抱怨呢？

並不是每個孩子，都能擁有像你一樣的幸福。

有一年我去尼泊爾玩。尼泊爾的湖光山色極富純樸自然之美，讓人流連；然而，它是個窮困的國度，孩子們衣衫藍褸，成群結隊的在觀光客出入的地方乞討，「給我一個盧比」之聲不絕於耳。面對這樣的情景，我只想流淚。人的際遇，果眞有天壤之別。我們能生活在一個不斷進步的社會裡，能接受良好的教育，有一個光明的遠景可期，這不是人人都能享有的。

於是，當我看到此地的有些孩子，任性的糟蹋衣物，待人無禮，不肯好好讀書時，我眞的感到痛心。多麼不懂事的孩子啊！他們能想像非洲的饑民，正瀕臨於餓死的邊緣，睜著骨碌碌的大眼彷彿在說：「爲什麼我要受到這樣的待遇，連衣食都不能周全？」

因此，當你能在這麼好的環境裡求學，備受呵護和關愛，已是天大的福分了。能不特別珍惜和感恩嗎？

# 債

爲著追求一個圓融的人生，我們總要歷盡諸多苦楚，世上哪有僥倖之事？那麼，把它當作「功課」，或許更能平心靜氣的接受，不再有怨尤。

債，許多人視如蛇蠍，避之唯恐不及。

欠債總是要償還的，在金錢上如此，在感情上也是這樣。有人説，夫妻也是相欠債，兒女更是。有來討債的，也有來還債的，無債不來。親情一旦陷入此種不堪的際遇，不免有幾分淒涼，令人同情，可是，細究來，竟也無法否認其中的道理。

也許，人間的相遇有它難得的因緣，既有善緣，也有惡緣，無緣不聚。但是，又如何來解釋這因緣呢？如果，人世果眞有輪迴之説，那麼，難道我們在前世就早已相遇過，而相遇時究竟是誰欠了誰呢？情感上的牽扯陷溺，恩怨愛恨，誰又理得清楚？倘若不曾相欠，一如涇渭分明，今生怕也無能得此一遇吧？既已重逢，該是爲了清理細目，償還積欠。能這麼想，不論內心有多少委屈，也比較願意接納所有的悲喜試煉。一生中，我們常會經歷許多的人、事和物，不管平順或坎坷，其間自有涵意，豐富了我們的生命，值得感恩。

說是欠債，似乎也傷感情；可是，爲著追求一個圓融的人生，我們總要歷盡諸多苦楚，世上哪有僥倖之事？那麼，把它當作「功課」，或許更能平心靜氣的接受，不再有怨尤。

當然，最好是兩不相欠，多結善緣。無債一身輕，善緣則處處歡喜，自然可悠遊歲月，快樂似神仙了。

# 偏見

但願，我的朋友能將心中的結解開，以比較客觀的態度來看待事情。從前的悲劇早已隨風遠逝，新的生活將帶來新的希望。

朋友的女兒長大了，交了個男朋友，那男孩勤儉忠厚，讓人放心；唯一讓朋友耿耿於懷的，是他的省籍，他是客家人。

本來，省籍是無須在意的，客家人也很好啊，但朋友的先生死於車禍，是一名無照駕駛的客籍女子因心情不好，開車亂闖而肇事。

一場飛來的橫禍造成人天永隔，即使事隔多年，依舊是心中難以磨滅的創痛。

這情形我明白，然而，話說回來，當年肇事的女子闖下了這樁禍害，固然不該被原諒，但和她的省籍又有什麼關係呢？所以，朋友持反對的立場有待商榷。

他的女兒便振振有詞的說：「媽媽的好朋友，某某阿姨還不是客家人？爸爸的同事，某某教授也是客家人啊！」

是的，女兒有了男朋友，是個有爲的青年，勤奮上進，値得鼓勵，哪能只由於他是客家人，便拒於門外呢？也未免囿於偏見，太不通情理了。

人的好壞畢竟和省籍無關。一個壞人，因爲他壞事做盡，則不論他屬於何種身分職業籍貫都令人鄙視；但一個好人，由於他的良善，亦不論他的身分職業籍貫都令人敬重。

但願，我的朋友能將心中的結解開，以比較客觀的態度來看待事情。從前的悲劇早已隨風遠逝，新的生活將帶來新的希望。

讓所有的偏見自此消泯，我們才會眞正快樂起來。

# 絆倒

從小，我們不都在跌跌撞撞裡長大？誰沒有被絆倒的經驗呢？如果你希望永遠不被絆倒，只怕終生都無法行走。

「是誰絆倒了我？」你氣憤莫名的大喊。

是的，你不甘心。因爲成功已經在望，不料卻出了這樣的一個意外，以致功敗垂成！所有的努力全部付諸流水，心理怎能平衡呢？

然而，仔細想想：到底是誰絆倒了自己呢？答案竟是自己！是自己的自私、軟弱、貪婪、褊狹、大意……讓事情出了岔，沒有一個圓滿的結局，又怎能責怪別人呢？

凡事反求諸己，這是先聖先賢對我們的教誨。其實，一個人的個性決定了他的命運。唯有從「心」出發，積極改正個人的缺失，我們的未來才有可能更好。所以，一旦我們被絆倒時，不要流淚，不要怨恨，因爲那都無濟於事。重要的是：你在何處跌倒，就從那兒站起來吧！

如果，你不能自立自強，旁人是不可能扶你一把的。

試看：每一個奧運金牌的得主是如何獲得榮耀！有的甚至小時候身體不好，讓醫生搖頭；但是，經由不斷刻苦訓練，憑藉著驚人的毅力，在愈挫愈勇的過程裡，不只戰勝了對手，也超越了體能的極限，而得到如雷的掌聲。

一個不健康的孩子卻能躍上奧運的競技場，甚且有了極出色的成績，其間的過程，是多少血汗交織而成的？我們不能因爲看見他們頭上美麗的光環，就以爲不過是僥倖得來。

從小，我們不都在跌跌撞撞裡長大？誰沒有被絆倒的經驗呢？如果你希望永遠不被絆倒，只怕終生都無法行走，一無所成，這難道是你眞正所願意的？

在人生的大道上，一路行來，我們要視阻礙挫敗爲尋常。勇於面對，敢於挑戰，做一個生命的勇者。

# 情義

情義無價，是一個人德行的指標。但願，人人都能情深義重，則風俗淳厚，紅塵可為樂土。

在東坡文集裡讀到「廷式娶妻」的故事，在情義逐漸淪喪的今日，更覺得惆悵萬端。放眼世上，多的是急功近利的人，連感情也未必肯細加經營，一遇現實的風雨，便勞燕分飛，各奔西東，讓人心痛。和劉廷式比較起來，相距何以道理計？

劉廷式早年曾與鄰翁定約，將娶其女為妻。然而別後多年，世事變化，廷式讀書高中金榜，再回鄉里時，鄰翁早已去世，那女子也因病而盲，家境極為困苦。而廷式仍不忘當年允諾，堅持履行婚約，終於娶盲女為妻。

在今天看來，這樣的一個故事會不會有如「天方夜譚」呢？何況，那女子的家人並不敢高攀，以有病來推辭，給了劉廷式最好的下臺階。他只要順水推舟，自可以和名門高第聯姻，也無人會説閒話；但是，他仍願信守諾言，可謂情義深重。這豈是常人所能及？

這麼一個重然諾的君子，能夠摒棄一己之私，實在讓人感動。試看今日，外遇對婚姻的不忠和殺傷，怨偶的怒目相視、冷漠相待，離婚率的節節攀升，家庭根基的岌岌可危……在在讓我們懷疑：到底是哪一個環節出了差錯呢？何以有這許多人見異思遷？

仔細想來，這是一個「個人主義」的時代，情義的蕩然無存，也使得高風潔行不復可見。東漢時的宋弘曾説：「貧賤之交不可忘，糟糠之妻不下堂。」他説這話，是由於光武帝的姊姊湖陽公主想下嫁給他，而要他把妻子休了，他不肯答應。在榮華富貴唾手可得的情形下，仍能顧全情義，勇於拒絕，確實令人敬重。

情義無價，是一個人德行的指標。但願，人人都能情深義重，則風俗淳厚，紅塵可爲樂土。

# 搬家

唯有簡可以馭繁，也唯有樸實可以克勝虛浮。如果說，四海無家處處家，我以爲，那是自在的心無所罣礙，才有可能做到吧！

我實在怕死了搬家。

偏偏這一生在外飄泊流浪的歲月太長，賃屋而居，畢竟不是自己的房子，一遇屋主索回，便只好遷移。東搬西搬，連自己覺得有如吉普賽人。可嘆浪漫的情懷不再，我只感到有浮萍無依之苦。

每回搬家都有如「革命」。由破壞到建設，其間幾度人神交戰，取捨之間，煞費周章。明知帶不走一切的東西，但在感情上卻又難以割捨。每一樣物品都帶有特殊的紀念意味，令人無法輕易釋手。

原來，眞正不能忘懷的，是我的心，它總被過往的記憶所牽扯。

也許，是由於「情之所鍾，正在我輩」，平凡的我們常不免因著有情而受苦。坦白地說，既不能忘情，又做不到無情，受苦也是當然的命定了。

搬家正是一場嚴酷的考驗，但也從中讓我會了「簡樸」的可貴。唯有簡可以馭繁，也唯有樸實可以克勝虛浮。讓一切得以重返原始的本眞，那麼，複雜不必，僞善不必，虛榮亦不必。

如果說，四海無家處處家，我以爲，那是自在的心無所罣礙，才有可能做到吧！

一再搬家的結果，我的行囊益少，該扔的儘早扔，可送的儘快送，讓生活裏盡量不再出現多餘的東西。果然，目之所遇，神清氣爽，也是一種快樂。

雖累積了多年的搬家經驗；然而，多一事仍不如少一事的好。我還是不喜歡搬家，幾時才能完全脫離搬家之苦？這恐怕得等我有了屬於自己的「殼」以後，才能如願以償吧！

# 拖延是壞習慣

凡事儘可能先做，於是，常可以輕輕鬆鬆面對，游刃有餘，旁人還以爲我有什麼大本事呢。

拖延是種壞習慣。可是，有些人遇事總喜歡拖拖拉拉，非到最後一分鐘無法做好。也不能說他是故意的，因爲習慣早已成爲自然。

我有一個朋友也是這樣。每件事情總在最後的時候才做成，險險來不及，看得我心驚膽戰。爲什麼不早早做好，不就沒事了嗎？何必留待最後的關頭，慌慌張張交差了事呢？

朋友卻說：「奇怪的是，早做也做不出來呢，總要等到最後逼急了，才做得又快又好。」

這些話我是不很相信的。想想要在那麼緊張的時候趕工，若是我，細胞還眞不知要死去多少了？爲什麼他老要這樣？也或許是早年就已養成的習性吧！

我是不拖的，凡事儘可能先做，於是，常可以輕輕鬆鬆面對，游刃有餘，旁人還以爲我有什麼大本事呢。其實並沒有，我不過是提早去做，儘快完成罷了。

我也喜歡這樣，不在匆促中草草了事，也比較能做得圓滿；尤其，每回看到別人急如星火趕著做，我就很慶幸自己早已弄妥，無需緊張成那副模樣。我常覺得：好習慣的養成愈早愈好，必可終生受惠。

你呢？你做起事來會不會也拖拖拉拉的？如果是這樣，我勸你早點改正。拖延實在不是個好習慣，還常會誤事，那該有多糟啊！你一定不願意如此，對不對？

# 在冷漠的城市

面對冷漠的城市，別忘了要將自己燃燒成燭，以照亮幽暗的角落，讓溫暖的光四處散布。

城市之所以愈來愈冷漠，其實，和居住在這城市裡的人有關。當我們抱怨四周環境不盡理想時，我們豈能脫得了干係？試問：我們努力過了嗎？曾經嘗試改變了嗎？付出了一己的關懷和愛了嗎？

熱情像光，也許微弱，卻不容忽視。在寒風中，熱情會冷去，光也會滅掉；但是，畢竟它曾經綻放光芒，帶來溫暖。也像一個美麗的記憶，永遠存留於心靈的深處。爲此，無論在紅塵裡，我們歷經了多少憂傷挫折，都不放棄對理想的執著，對未來的仰望。我們相信，陰雨過後，陽光總會溫柔照臨。

充實自己是必須。

反敗爲勝是必須。

我時時提醒自己：「居城市中，當以畫幅當山水，以盆景當花園，以書籍當朋友。」不論處於怎麼樣不順的際遇，每個人都應自求多福，怨天尤人何益？即使是在方寸之間，亦另有天地，可以悠游自得，何必自我設限，抑鬱以終呢？

惟有勇敢堅忍，才能戰勝拂逆困頓；肯屢仆屢起，才有絕地反攻的可能。

面對冷漠的城市，別忘了要將自己燃燒成燭，以照亮幽暗的角落，讓溫暖的光四處散布。

在冷漠的城市裡，我們更應該發揮心中的熱情，以希冀化炎涼爲溫煦，使世間更適合人居，更像一塊桃源樂土。

# 黑板前的沈思

在整個教育的環節裡必然出現了某些問題，我們身爲師長的一再檢討，自認有督導之責；但卻忘了應該教會孩子對自己的生命，確切負起責任來！

常常被學生給氣得七竅生煙。怎麼會這麼「牛」呢？循循善誘、好言相勸，全視如耳邊風，不當一回事；非得等到你大發雷霆，祭出手中的「教鞭」時，才噤若寒蟬。

也曾經有同事氣急敗壞地跟我說：「他們就是『犯賤』！」犯賤！多麼尖苛的字眼！可是，當你看到有學生在你講解的半途，突然從座位上站起，大剌剌地喝水、扔紙屑甚至散步、打人，全然無視於你的怒火中燒，都已經是十五、六歲的大孩子了，何以在生活的常規上一無訓練？我常想：像這樣的孩子，在家又是什麼模樣呢？難道是由於父母的縱容，使他們在學校裡也漠視校規的遵守？

有一回遇到淑寧，她談起班上有個學生，鎮日惹是生非，她只得一再和家長連繫，偏偏家長毫不領情，竟出言不遜：「你到底煩不煩？我的孩子很乖，根本沒有問題，你怎麼老是來找我麻煩？」

有這樣昧於事理，一意護短的家長，那麼，孩子的不服管教也就理所當然了。

只是想起一些槍擊要犯，作奸犯科，危害社會，待東窗事發，他的父母不也淚眼婆娑，且一再地辯解：「我的兒子很乖，之所以做了錯事，只因誤交了損友。」但，無論如何，其罪行令人髮指，天地不容，父母何能推諉其沒有盡到管教的責任？

我常覺得：有多少問題孩子是出自於問題家庭。古人說，家齊、國治而後天下平，畢竟有其深意。在良好的家庭教育之下，造就了好孩子，那麼，在學校裡才能循規蹈矩，到社會上亦能奉公守法，如此，才是全民之福；否則，還不知要惹出多少禍端來？

當我被學生給氣得半死時，也許，在整個教育的環節裡必然出現了某些問題，到底哪裡有了差錯呢？是功利社會的誤導？是升學主義的偏差？是家庭教育的輕忽？或者，更重要的是：我們身爲師長的一再檢討，自認有督導之責；但卻忘了應該教會孩子對自己的生命，確切負起責任來！

# 輯三・無哀

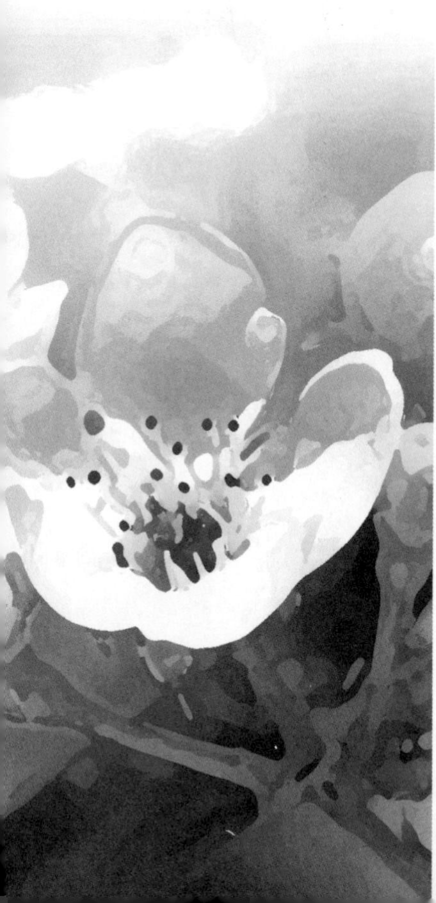

# 飛揚的年月

年輕，多麼好！在飛揚的年月裡，可以創造許多美麗的回憶。

飛揚的年月裡，有著青春的心情，充滿了好奇、悸動、期待和莫名的感傷。

我有個朋友本來工作好好的，突然辭職不幹，說是要出國做事，而且是在遙遠的巴西。

莫非她是另有高就，被「挖角」去了？

「不是，不是！她只是在臺灣待膩了，想換個環境。她覺得巴西應該很有挑戰性，所以打算先去那兒，再找工作的機會。」

她覺得？這是多麼不可靠的想法！聽在我這個保守的人耳朵裡，

實在極爲冒險刺激，也充斥著不定的因素，誰知道還會發生什麼事呢？

果然她一去經年，發現適合的工作不多，而且四處旅遊的國人出手闊綽，早被當地人視爲有錢者，她這個遠赴異地謀職的女子，甚至在白晝裡被圍堵行搶，險遭不測，幸而反應快，吉人有天相，否則後果不堪設想，眞教我們替她捏一把冷汗。

我們勸她：「還是回來好了。以你往日的工作經驗是不必擔心找不到事的，何必去那麼遠的地方，一切從頭開始呢？」

她卻說：「不，我喜歡變換環境。」

果眞一樣米養百樣人。她是個喜好新鮮的人，這般欠缺專注，會不會也是一項弱點呢？而她那種敢於嘗試的勇氣，恐怕也是起因於年輕吧。

年輕，多麼好！在飛揚的年月裡，可以創造許多美麗的回憶。

# 白鷺

我常奇怪的是：爲什麼我們失去的，總是那個美好的部分呢？或者是由於它已消逝，我們才因不捨而備覺懷念呢？

我向來覺得，白鷺是一種優雅的鳥。

小時候住在鄉下，常常可以在相思林或竹林中，看到四處自在飛翔的白鷺，鄉里人說：「那是白鷺林。」孩提時的我們到處遊山玩水，白鷺的身影隨時可見，倒也不感到稀奇。大學畢業以後，又在一所鄉間國中教書，常常會在學校旁的農地裡，見到白鷺站在水牛的背上，相映成趣，這是我記憶裡不滅的畫面。

返回都市生活以後，再無緣一見白鷺了，更覺得牠們飛翔的英姿，像弧線般優雅的掠過天空。青山，綠野，白鷺，眞如圖畫一般美麗。

後來，聽專家説：「在臺灣，白鷺的家愈來愈少了。一方面固然是相思林和竹林遭到砍伐破壞，讓牠們難尋合宜的棲息居所；另一方面是農藥的大量噴灑，田野間的生物日少，也影響了白鷺的食物來源。白鷺日益減少，我們想要覓其芳蹤，便也跟著不易了。」

原來，這個世界是變動不居的，並不是所有的東西都能恆久存在，兒時我們常能在漠漠水田裡，看白鷺捕食魚蟲，今天的兒童卻已無從想像了。

白鷺的喙尖而長，羽毛潔白，丰姿高雅，雙腿細長，我們看牠振翅翱翔，總以爲牠是優閒的，愛鳥人卻説：「實情恐怕不是這樣，牠們是一雄一雌共組家庭，天天要輪流出去覓食，生活應該也是相當忙碌的。」

看人挑擔不吃力，只因不是此中人。那麼，以我們的立場來看白鷺，只怕也易犯下相似的誤解吧？

我常奇怪的是：爲什麼我們失去的，總是那個美好的部分呢？或者是由於它已消逝，我們才因不捨而備覺懷念呢？

# 媽媽的心

天啊！大肆抱怨記憶力減退不正是她嗎？結果一聽有好東西，想到的竟是寶貝兒子。只不知將來兒子能否善盡奉養之責呢？

近來，妹妹正在準備她的公務員升等考試。遠離書本久矣，一讀起來哇哇大叫。一會兒說：「我的記憶力不行了，讀了好多遍都記不住。」一會兒又說：「這該怎麼辦呢？今年如果考不上，明年還得再考，家裡簡直就要大亂了。」

是的，她既爲人妻，又已爲人母，因爲升等考試而長年廢弛家務，畢竟很說不過去。拖延的時日愈久，影響愈大，並非美事。

後來，我千挑百選，外加仔細觀察，買了一套健康食品要送她，我先在電話裡告訴她：「這可以活化腦細胞，增加記憶力，對你準備考試一定大有幫助。」

她立刻說：「那應該給我兒子吃。」她兒子今年讀高二。

天啊！大肆抱怨記憶力減退不正是她嗎？結果一聽有好東西，想到的竟是寶貝兒子。只不知將來兒子能否善盡奉養之責呢？然而，這便是天底下媽媽的心，只給予不求取。

唉！親恩日月長。

# 走過

對於自己貧困的年少歲月，她毫無怨尤。走過困厄，她對別人也更能抱持一分體貼和同情。

我看著她一路顛躓地成長。

她來自一個食指浩繁的家庭，境況並不好，身爲老大的她，總要帶著一群弟妹，做許多家事。媽媽也不是不疼她而是自顧不暇，有這麼一個懂事的女兒，也就自然偏勞她了。

她很愛讀書，上課讀，下課也讀，要不，就靜靜地沈思：然而，並不是唸書的孩子就能繼續升學。國中畢業了，老師跟她說：「如果不能讀日間部，那麼，就白天工作，晚上讀夜校。」

可是，即使如此自力更生，想讀夜校，父母仍不贊同。因爲，困窘的家境需要她的薪水來補貼。

於是，她從鄉下跑到台北來謀生，做過各種工作，擺地攤、當店員、賣成衣……

我們一直保持連絡，我知道，等到家境稍好後，她還是重拾書本，進了夜校繼續學業；後來，她結婚了，有一個美滿的歸宿。

從此，我對她懸念的一顆心才總算放了下來。

多年以後，我們在台北見了面，還是和當年一般熱絡。談起過往，她充滿了感恩，感謝這一路走來，有多少善意的鼓勵和扶持。她還是一樣的勤奮，相夫教子之餘，每週仍定期到醫院當志工，幫助需要幫助的人，日子過得充實而快樂。

有時她把媽媽帶到台北來。弟妹們都已成家立業，媽媽也老了。她陪媽媽上行天宮或龍山寺拜拜。對於自己貧困的年少歲月，她毫無怨尤。走過困厄，她對別人也更能抱持一分體貼和同情。

她還是很懂事，我心裏想，上天一定會眷顧她。

# 萍水相逢

有些人即使短暫一瞥，也已常在我們心中，記住的，未必是對方的容顏，而是他友善的微笑，化解了我們的不安和疑懼。

曾遇過許多萍水相逢的朋友，轉眼就已別過，猶如驚鴻照影，也因此豐富了我的人間歲月。

生活裡常充滿了憂傷挫折，相形之下，歡愉是這般的微少，幸而得有旁人的誠心相待，有些固屬情眞意切的知交，有些則是素昧平生，更讓我覺得盛情可感。

在萍水相逢裡，仍有一絲珍惜的情分，彷佛在冬日見到陽光揮灑，世界又多了一分美麗。

其實，就在即將擦肩而過的當兒，有多少匆忙！有些人即使短暫一瞥，也已常在我們心中。記住的，未必是對方的容顏，而是他友善的微笑，化解了我們的不安和疑懼。尤其是獨在異鄉的遊子，多的是身世飄零，浮生如寄，於是，別人的善意和關懷，總帶來無限的溫暖，足以抗拒塵世的風雨淒寒。

人生有許多的際遇也來自萍水相逢，和山水美景的緣會，和紅塵種種的擦肩而過，有快樂的，有悲傷的，有繁華的，有落寞的……

登高可以望遠，讓我們忘卻世俗的諸多不如意，胸懷自然寬廣能容；久雨初晴，一掃連日的鬱悶，又見朗朗天日，若能見世人無一不可愛，則我亦可愛。凡事如能不鑽牛角尖，多往光明的方向想，必會帶來一個較好的結局。因而樂觀進取有必要，自求多福有必要。

萍水相逢，點點滴滴，爲我們的人生旅程增添顏彩，更形豐盈。

# 內在的眞誠

只要是發自內在最眞摯的聲音，總能扣人心弦，引發的共鳴也就多了。

閒暇時，讀到一首江總寫的小詩：「心逐南雲逝，形隨北雁來。故鄉籬下菊，今日幾花開。」

寫的，無非是對故鄉的懷念，但清新可誦，十分難得。江總以艷詞而聞名，在陳朝雖做到尚書令的高官，大多的時間，卻隨後主遊宴後庭，故常見綺語之作。爲什麼竟能留下這樣的作品呢？

也許，只要是發自內在最眞摯的聲音，總能扣人心弦，引發的共鳴也就多了。

也許，思鄉的情懷人人都有，卻不是每個人都有能力表達內心的深刻感觸。於是，當我們有機會讀到這樣的作品，不免就要擊節嘆賞。

儘管自己心裡多麼盼望能回到久已思念的故鄉，像天上往南飛移的白雲一樣；然而，事與願違，我的身影卻隨著北雁飛來。遙想家園東籬下的菊花該已綻放了吧，只不知到底今天花開了幾叢呢？

如果，連籬下的菊花仍不免記掛於心，而要殷勤探問，又何況是故鄉的親友呢？

好的文學作品哪裡需要粉飾雕琢？誠懇最要緊，即使是樸實無華的文詞，只要情眞意切，自有感人肺腑的力量。

原來，內在的眞誠才是作品中的靈魂。

想必江總曾寫了不少文章，流傳下來的竟是這一首〈九月九日〉，倘若他於地下有知，會有怎樣的感慨呢？然而，細細想來，古往今來有多少騷人墨客的名字，在時代的浪潮裡被人遺忘？相形之下，江總也算是幸運的了。

# 新晴

世事原本無常，又有什麼會是恆久的呢？明白了這樣的道理，我們當更以寶愛的心來珍惜眼前的一切。

連下多日的雨，天，終於放晴了，我整個心情也跟著開朗起來。穹蒼初霽，顯得特別的潔淨寬闊，像巨幅的畫布，供愛作夢的孩子任意馳騁想像。那是宇宙的胸膛，有如慈母的懷抱，包容了一切。

窗外的初陽正頻頻向我招手，此時，最宜走向大自然。連綿的山峰一片青碧，經過雨水洗滌的花木更是容光煥發，初乾的馬路彷彿仍留一絲潤澤，枝頭上鳥鳴歡暢……佳景當前，心中若有陰霾，也全一掃而空了，世上又有什麼煩惱的事無法破解呢？執著的，原是我們的心。如果我們不肯釋放自己，那麼，內在的糾葛纏繞，勢必永無寧日。

走在雨後朗朗的大地，自有一番清心閒雅。多年以來，我一直很喜歡一段話：「雲收便悠然共遊，雨滴便冷然俱清；鳥啼便欣然有會，花落便灑然有得。」其間是一種生活美學和智慧，值得細加品味。人，唯有不役於物，不囿於情，才能超脫出塵，逍遙自適。世事原本無常，又有什麼會是恆久的呢？明白了這樣的道理，我們當更以寶愛的心來珍惜眼前的一切。

人壽有時而盡，畢竟短暫飄忽，相形之下，大自然的存在便比較長遠。山川之美，天籟之迷人，給了無數苦難的心靈最大的慰藉。天何言哉？四時行焉，百物生焉，大自然的確是我們最好的導師。

連日的陰雨，也曾讓我的心情低落，一旦放晴，能見到久違的陽光，心中自有一番雀躍。請一起到大自然裡來吧！天地正以清新的姿容，邀我們前去細細欣賞呢。

# 熱愛

當我們自覺「取之於人者太多，出之於己者太少」，必會凡事謙卑，凡事感恩。

一談起她的工作，在飛揚的神采裡有掩不住的笑意，實在動人。她說：「我衷心喜歡幼教工作。」

我看得出來。問她怎麼會走上這條路呢？

「說來有趣，」她告訴我：「高職畢業的那一年暑假，我到台北來找工作。表姊先已報名參加短期的幼教訓練，不料阿姨生病，她得南下服侍。那時幼教的師資相當缺乏。研習的費用既已交了，又不能退回，但，對方同意可以找人頂替，所以，我因此進了幼教訓練班。當幼教老師一直是我的夢想，因此，我在訓練班裡表現很好，結業後便被介紹到『才育幼稚園』，從助教當起，『才育』栽培了我，創辦人很有理想，也給了我許多教導，當『才育』結束經營，我轉到別家工作，才眞正發現我的確學到很多，很受用。」

與其說，冥冥之中自有天意，我倒寧可相信，是由於她的熱愛，因著興趣，她愈加虛心學習，精益求精。這是一個良善的循環，終於使一個尋常鄉間孩子的美夢得以成眞。

她的個性原本開朗活潑，有極好的人緣，喜歡與人爲善，這些特質都有助於她成爲一個優秀的幼教老師。

她說：「我的家境並不寬裕,但爸媽仍然堅持要讓我們接受教育，這一點，我永遠心存感激，後來，我在『才育』也得到很好的帶領，對我的一生幫助很大。在這個世界上，值得感謝的人太多了。我想，我盡力做好自己的工作，是本分，也是表達我謝意的另一種方式。」

是的，當我們自覺「取之於人者太多，出之於己者太少」，必會凡事謙卑，凡事感恩。我們努力以赴，希望能回饋所有善待我們的人。對這個世界，我們充滿了感情，而熱愛正是我們奮力前行的動力。

# 調色盤

他們走過坎坷，無所怨懟，尚能忘懷自己的悲苦，卻把最眞摯的愛給了世人；他們努力在生命的調色盤裡，調和出最最動人的顏彩，自在揮灑，而且永不褪去。

如果生命是個調色盤，我們當盡一己之力，調理出最爲繽紛的顏彩，美麗了整個宇宙。

最近，我讀黃美廉的書，這個腦性痲痺患者憑著過人的堅忍和毅力，得了藝術博士學位。她還是個畫家，我看她的畫富麗多彩，開朗明亮，豐沛的感情一覽無遺。原來，畫也是話。它述說的是畫者的心靈世界，給了我很深的感動。

雷諾瓦的畫飲譽畫壇，被視爲經典之作。晚年爲類風濕性關節炎所苦，手指的關節脹痛，無法握筆，他把筆綁在手上照常作畫。朋友看了，非常不忍心，覺得他應該休息，何必自苦如此？

雷諾瓦是這麼回答的：「所有的痛苦都會過去，但藝術的美卻能永遠流傳。」

是的，今天當我們觀賞雷諾瓦不朽的畫作，他果然爲世間留下了永恆的美。我們在驚羨之餘，有誰能想像得到：他是以怎樣的堅毅來克制一己的病痛，而執意還贈給世界燦爛的美麗。

你說他們是菩薩化身來教化世人也好，你說他們是天使來傳遞美善的信息也好，在我以爲，他們都是我今生的最佳典範。他們走過坎坷，無所怨懟，尚能忘懷自己的悲苦，卻把最眞摯的愛給了世人；他們努力在生命的調色盤裡，調和出最最動人的顏彩，自在揮灑，而且永不褪去。

# 歲月之湄

不管我們活到多大的年歲，保持一顆赤子之心，也許更爲重要。凡事盼望、凡事樂觀，必帶給我們更好的遠景。

在時序不斷的推移之下，驀然回首，年少的歲月早已遠颺，曾經有過的悲歡愛苦悄然停泊在水湄，總在夜深時刻入我夢來。

但聽得流水潺湲作響，我細細聆聽，彷彿它來自心靈深處的角落，給了我一些生命的隱喻。是「鏡花水月，若使慧眼看透；筆彩劍光，肯教壯志銷磨」？是「不作風波於世上，自無冰炭到胸中」？……

在日子的堆疊裡我們慢慢長大，所有的知識也是點滴累積而成。我們不可能在朝夕之間長成，我們也明白學無倖致的道理，那麼，又何須過於急切呢？一如枝頭上青澀的果子因逐漸成熟而變得甜美可口。爲此，揠苗助長不必，急功近利亦不必。

當時光如飛的過去，面對著青春容顏的老去，我們哪能不瞿然驚心？日月逝於上，體貌衰於下，又能有怎樣的作爲呢？令人思之黯然。想起前人曾說：年輕在心，而非雙頰的紅潤、關節的靈活和肢體的柔軟。那麼，不管我們活到多大的年歲，保持一顆赤子之心，也許更爲重要。凡事盼望、凡事樂觀，必帶給我們更好的遠景。

我常想：如今畢竟不若年少時的活潑有勁，但，歲月給予我們怎樣的啓發呢？有許多東西曾經緊握於我們手中，現在已逐一失落。年輕時候，我們憑藉著健康去賺取財產、聲望和地位，但最後上天終將一一索回，連同我們的生命。我們只是紅塵中的過客，走一遭人世之旅，但願能留下一些溫馨的回憶。

水聲潺湲，好似我心中的感念也隨著流溢而出。

# 惜別的月臺

惜別的月臺，令人感傷；然而，想到別離正是重逢的開始，哀傷裡仍有滿心的期盼。

月臺，常上演著各種離合悲歡的故事，那是人生的縮影，有多少流淚的場面，讓人悲欣交集。

求學的時代，在外寄讀，每到假日，便載欣載奔，趕著回家。其實，以前在家的時候，一副不識好歹的模樣，何嘗知道謙卑、感恩呢？一旦就要離家在外，自已心中竊喜，以爲此去再無人在身旁叨念不休，當可過我優閒自在、無所拘束的生活了。豈料眞正出門以後，再無父母呵護代勞，室友也不如手足的包容體諒，總之，處處但見窒礙，遠不如想像中的輕鬆愉快。終究體認到家是每個人心靈的避風港，家人是我們今生最大的支持。

彷彿就在極短的時間內加速成長，不再無理取鬧，而是尊敬長上，兄友弟恭。住校的時候，常爲思念家中的一切所苦，放假時，寧可隨著人潮擠車回家。於是，經常走著長長的月臺，有時在清晨，有時在夕暮。

常常一個人落寞的走著。月臺上，也許有人相送，也許沒有。當火車從遠處奔馳而至，旋即飛奔而去。有人下車，有人上車；有人離家，有人回家。在冬天來臨時，太陽早早下山了，夜幕深垂，鄉野小鎮的月臺少有人跡，更顯得淒清冷寂，這種感覺在離家時特別強烈，也許，我的心已飛回溫暖的家中吧。

有許多的惜別，都在月臺上一再重演，有人強顏歡笑，有人聲音哽咽，內心的難捨更與何人說？只有把珍惜的心緒深藏，互道珍重，但願來日的相會可期。

惜別的月臺，令人感傷；然而，想到別離正是重逢的開始，哀傷裡仍有滿心的期盼。

# 木槿

成敗得失經常緊緊的牽繫著許多人的喜悅和愁苦，到底不是輕易就能釋懷的；但，我們多麼需要以平常心來看待。

紅艷艷的容顏總是在夏日盛放，彷彿是一團熾燃的焰火，帶來了無限的熱情，也是生命的最佳詮釋，好似在告訴人：「活著，多麼值得珍惜啊！」當陽光輕灑，它恒以最美的姿容迎迓，這般晶亮的紅花也宣示了豐沛的活力，不論周遭如何寒涼，它永遠散播溫暖和愛。

縱然生命中充滿了悲欣交集，既有哀愁也有歡笑，所以，我們便不應爲了一時的挫敗而懷憂喪志、不思振作。花落花又開，四時更迭，大自然的運作不息，都在一定的軌道上。只要我們懂得珍惜愛和被愛，溫暖長留在心，人世的這一遭便也深具意義了。

成敗得失經常緊緊的牽繫著許多人的喜悅和愁苦，到底不是輕易就能釋懷的；但，我們多麼需要以平常心來看待。如此，得意時不驕矜，失意時不氣餒，這才是眞正健康的心態。

木槿依然展露著歡顏，那鮮麗的紅如同永不褪色的愛；然而，再美的木槿也難以逃躲終究要凋零的命運，有一天，它也會萎地無人聞問。但，只要心中仍有期待，明年依舊紅上枝頭。

木槿以它的一生給了我們啓發。境遇的寂寥何須憂心呢？所有揮灑的愛必將美麗了整個世界，這眞是教人感動。因此，悲傷和惆悵都顯得多餘，何如努力在今朝？肯於勤奮付出，便不致辜負此生。

# 心中有蓮花

我們內在的每一善念都是一朵蓮，清新脫俗，不惹塵埃。至於如何護持內在的蓮花，讓她永遠綻放笑顏？必得以慈心善念的甘露來加以澆灌。

學佛已在臺灣蔚為風尚。最近，辦公室裡有許多同事紛紛手戴佛珠，以爲護佑；頸佩佛像，謂之心中有佛。

如果，心中眞有佛，外在是否佩掛，也就未必那麼重要了。菩薩常勸世人：不要被表相所惑，以免爲外物所遷，不能破除執著，必爲之受苦。或許是因爲凡人有軟弱之處，希望藉著戴佛珠、掛佛像，以時時提醒自己：學佛就應常做佛歡喜的事。

學佛在於學得慈悲之心。衆惡莫作，衆善奉行。我以爲：如果心中有蓮花，崇尚世間一切的美善，那麼，污濁醜陋之事便不會發生了。

除去心田的荒煙蔓草，改植以亭亭的蓮，不起一絲邪念惡意，當然行事循規蹈矩，樂於與人爲善，也就能得到他人的敬重了。

眞的，我們內在的每一善念都是一朵蓮，清新脱俗，不惹塵埃。

至於如何護持內在的蓮花，讓她永遠綻放笑顏？必得以慈心善念的甘露來加以澆灌。

倘若人人心中都有蓮花，形之於外的，是一團和氣，彼此體貼同情、關懷扶持，隔閡自可泯除，必可水乳交融，這是一個多麼和諧美麗的世界！

# 流浪

在這個世界上，家，永遠是我們感恩的地方。流浪，或許浪漫，其中的艱辛，怕也不足爲外人所道。

小時候，心裡常常想：能外出流浪是一件何等浪漫的事！

也許，是因爲天天在家，覺得日子太缺少變化了，不免要嚮往一些意外的事，而離家正是浪漫的開端，多麼有趣啊！可以和陌生人說話，可以在異鄉閒遊，可以做自己想做的事……單憑「無人干涉」，這一點就太美妙了。

正因爲一切緣於想像，距離產生了美感，於是，更以爲流浪迷人。我這一生最大的想望，便是有朝一日能雲遊四海，處處無家處處家。

後來，讀大學時，由於學校距家很遠，不得不寄住在外，當時內心雀躍，終償我離家的宿願。然而，一旦眞的離開家園，飲食起居全由自己打理，方知其間的種種辛酸艱難，遠不如自己想像中的充滿趣味。一飲一食，全需預算，尤其事必躬親，哪能「飯來張口，茶來伸手」？才明白，離開了家，是所有快樂日子的終結。

寄住在外的生活，讓我興起對家無比的懷念，假日返家，也能體諒雙親、友愛弟妹，爸媽歡喜的誇我懂事，其實，是我深切的體認到：在家日日好，出門時時難。

在這個世界上，家，永遠是我們感恩的地方。是父母的辛勤撫育，我們才得以順利長大。流浪，或許浪漫，其中的艱辛，怕也不足爲外人所道。飄泊無依是一種苦痛，常茫然四顧，尋不到方向。

流浪的日子太冷清了，有家可以歸去的遊子畢竟是幸運的。

# 作品

藝術家在工作時，要儘可能和外界疏遠，規律、孤獨、忍耐，過別人眼中單調的生活。

近日，我讀莫泊桑的傳記，內心有很深的感觸。

莫泊桑是我很景仰的法國小說家。他活在塵世的歲月短促僅有四十三年，卻留下了許多精美如珠玉的作品，其中尤以短篇小說最爲膾炙人口，他也因此聲名遠揚，永垂不朽。

戀愛、病痛和寫作，交織成莫泊桑的一生，談不上幸福，卻多有跌宕曲折。日益惡化的病痛，更讓他埋首於創作中；然而爲文學所傾注的熱情，恐怕也加速了死亡的到來。他豐盛的文學遺產，不只確立了他在文壇上崇高的地位，也撫慰了無數的人心。

福樓拜是知名的作家，也是莫泊桑的老師，指引莫泊桑多思考、感覺、觀察，並力求獨創及正確的措辭。再加上莫泊桑本身的才華，使他能以小說《脂肪球》備受文壇矚目。

福樓拜有一段話，說：「藝術家在工作時，要儘可能和外界疏遠，規律、孤獨、忍耐，過別人眼中單調的生活。」創作哪裡是輕易可爲的？要耐得住寂寞，更何況嘔心瀝血，常難以爲繼，其間的辛酸血淚，局外人又何能理解？世人看到的是燦爛美麗的光環，如何能知曉他和病魔長期奮戰的苦楚呢？

不幸的莫泊桑死於精神錯亂，是作品讓他的生命發出光和熱來。幸虧他貫注心力於創作，才突破了短暫生命所帶來的局限。

又有幾個人能做到如他一般呢？

肉體的歡愉令人沈淪，病痛的纏身，使死亡成了揮之不去的陰影，在這種情形下，莫泊桑尚能堅持勤寫不輟，直到最後發瘋而死，就像彗星一般，倏爾銷亡。然而，他的作品卻歷代傳誦不絕，永遠成爲人間的瑰寶。

# 大地的眸

如果大地沒有了湖泊，雖說仍然美麗，畢竟是有缺憾的。上天造物何等神奇！有豪邁，必有婉約；有堅強，必有柔弱……

湖泊，是大地的眼眸。

高山譜寫了大地的壯美，花草則是溫柔的宣言；而湖泊，以其靈動爲大地增添了嫵媚。

我常想，如果大地沒有了湖泊，雖說仍然美麗，畢竟是有缺憾的。上天造物何等神奇！有豪邁，必有婉約；有堅強，必有柔弱……到底祂想給人類怎樣的教化呢？

讀大學時，全班曾去碧潭玩。碧潭水秀，名聞遐邇；然而，用過午餐，我們正打算去租隻小船來划，班導師便說：「不准！」那麼，玩水呢？班導師的臉色更難看了，說：「不行！」

「怎麼回事嘛！」我們的心裡嘀咕著。我們都這麼大了，還拿我們當幼稚園的娃兒管理。

可是，老師不高興，我們也只好作罷。好後悔！早知如此，寧可找三五個好友，自己來玩，豈不自在？

於是，我們只好快快回程，覺得這算什麼郊遊嘛？在臺北車站解散後，我們便又跑去新公園閒蕩了老半天，照了一大堆相片，內心才舒坦些。

後來我們才聽說，班導師的兒子讀大學時淹死，喪子之痛，讓他永遠對水懷有一份恐懼。體諒老師愛護我們的心情，抱怨因而停止。

湖泊很美，平靜的水面有如鏡子一般，可以映現天光雲影；但在急湍險惡時，它也是猙獰的。水能載舟，也能覆舟。面對著水，當以謹愼爲要，悲劇也就無由產生了。

# 生命的最終

縱使我們身處醜惡的現實世界，也依然要保有人性的純美；儘管世態炎涼，也永遠不要失去心地的率眞。堅持是一種必須，來自對理想的虔誠。

死亡是生命最終的歸宿。不論賢愚貧富都無可逃躲。明白了「大去」的必然，難道萬緣依舊捨不得「放下」嗎？

事有輕重緩急，當我們能以豁達的心胸來看待生死，當然便能理得清頭緒，對身外之物也就能看得淡泊了。洞察凡塵，徹悟人生，到底不易，非得有大智慧不可。但，一個人若能無欲無求，自強不息，越過一個個的深溝高壘、急流險灘，便能達到圓融而無罣礙的生命境界，然而，這般的潛心苦修，幾人能夠？

縱使我們身處醜惡的現實世界，也依然要保有人性的純美；儘管世態炎涼，也永遠不要失去心地的率真。堅持是一種必須，來自對理想的虔誠。

大自然的和諧莊嚴，於無言之中給了我們深刻的教誨。晨曦的清朗、晚霞的絢麗、雨後的彩虹、林木的成長……生命的最後都像靜靜流淌的小溪，愛恨情仇遠了，離合悲歡也遠了，在陽光下，閃爍著清亮、晶瑩，像一首雋永的詩。

當生命最終的一刻來臨，但願，我能以平靜的心情等待，仍如往日，善盡我的職責，沒有絲毫的怠忽。回顧所來徑，縱然我依舊覺得不夠圓滿，但是，既已努力過，也應該不會有太大的遺憾才是。

# 少年的心

少年的心遠比黃金還要珍貴；然而，他們是不是都能明白呢？韶華這般易逝，如果等閒而過，又何處得以尋回呢。

現在的國中生愈來愈頑皮了！

他們有無數的花招，讓人目不暇給，問題在於身爲師長的未必有欣賞的興致，在心勞力絀之餘，經常是氣急敗壞，卻又不得不處理。國中的孩子不都是活潑可愛的少年嗎？他們不都是熱情而善良，心靈有如一張純潔的白紙嗎？

有一個國一的小男生逃學，被導師找回來了，帶到辦公室裡。

小男生說得天花亂墜，振振有詞，看樣子是編故事的能手。

只見導師沉下了臉，大喝一聲：「你撒什麼謊？給我老實說！」

小男生還企圖狡賴，又說了一些理由。導師早知來龍去脈，又喝斥道：「你不要騙我！」

看樣子是無法瞞天過海了。在導師的一一指證之下，只得低頭承認。坐在一旁的我，眞嘆爲觀止。這個瘦小的、貌不驚人的男生，撒起謊來神色自若，難道是他從來訓練有素？

又有一次，才看到小男生排成一列，被老師處罰，訓誡過後終於散去。沒想到隔了一個小時，立刻有人來報告說：「某某又和人到別班去打架了！」某某，正是方才被罰的小男生之一。到底老師的訓誨聽進去了嗎？爲什麼才一轉身就忘得乾乾淨淨了？或者是因爲年少，難免莽撞衝動，極易受人鼓動呢？

而教育的功用不正在變化氣質嗎？是由於一人教之，衆人咻之，致使教育的功效無法彰顯？

另有一個老是蹺課的小男生，讓導師頭疼極了。每天一早便發現他的座位空在那兒，就要忙著和家長聯繫，到後來家長也明白事態的嚴重。他說：「如果我發了財，兒子卻不學好，也沒什麼意思。」於是，由他親自來督導，沒想到情形完全改觀，小男生天天規規矩矩，背著書包來上課，令導師大爲嘆服。有一天，忍不住打電話向他的父親討教：「能不能讓我知道是用了怎樣的妙計良方？」家長在電話的那一頭笑了起來：「其實，我只是恐嚇我的兒子，如果他再不好好讀書，我就要跟他媽媽離婚！」導師也不免莞爾，果眞「知子莫若父」，只不過一句話，竟得到天大的效果。

良好的教導的確需要家長和老師攜手合作！

少年的心遠比黃金還要珍貴；然而，他們是不是都能明白呢？韶華這般易逝，如果等閒而過，又何處得以尋回呢。與其將來懊惱，何如今日便知努力充實自己？

# 生命不留白

生命是可以不留白的。當我們在關懷別人的同時，遺忘了一己的憂苦；當我們在努力追求夢想的同時，也將淡忘了這一路行來的諸多風雨。

人生看來久遠，迢迢長路彷彿望不到盡頭；可是，在回顧的時刻裡，卻恍然有如夢寐。原來，大好時光的消逝是這般的迅疾，有誰能挽住歲月匆忙的脚步呢？

我想，只有不虛度每一個日子，那麼，生命才不會有無謂的浪費吧！

年少的時候，以爲自己手中握有的日子永無止盡，於是不免任性揮霍。青春是如此的耀眼，郊遊、烤肉、看電影……這樣那樣的事情多著呢，讀書則視等閒哪。卻不知春花易老，韶華易逝；驀然回首時，方知留白的生命是一種愚昧。

上天給人最大的考驗是如何在有限的年月裡，拿出輝煌的成績來，擁抱一個沒有悔恨的人生？每個人都會面臨不同的逆境，遭逢各種打擊。有的堅強迎戰，愈挫愈勇；有的卻畏懼退縮，不戰而敗。其間相距何以道里計？當然，前者得到了榮耀的冠冕，後者則一無所有，終成虛幻。

年輕朋友常愛說：青春不要留白！於是，傾力追逐感官的逸樂，深怕歡樂的音符一停歇，生命之歌也跟著瘖瘂無聲。卻不知只爲個人打算的自私是貧乏的，要有寬闊的心地，多所學習，願意付出體貼、寬容、諒解和愛，也才可能有一個比較豐富的人生。

生命是可以不留白的。當我們在關懷別人的同時，遺忘了一己的憂苦；當我們在努力追求夢想的同時，也將淡忘了這一路行來的諸多風雨。僅爲了自己而活是狹隘的人生；爲著大我而忘卻小我，生命才眞正有了意義。

人間到處有青山。當我們跨越過人生的種種歷鍊，驀然抬頭，但見山河萬里，處處青翠。這也應該給了我們一些啓示吧？生命裡對美善的堅持是一種必須。當我們一步步地邁向莊嚴的理想，路旁的花朵自會爲我們綻放，又何必懷憂喪志呢？

# 選票的力量

不要悲觀的認爲：我不過只有一票，能發揮什麼作用？需知團結力量大，集衆人之力，當沛然莫之能禦。民心的向背從來如此。

那天，我到區公所去替媽媽辦理「敬老津貼」的請領手續。排隊等候時，站在我前面的男士，轉過頭來跟我說：「現在，區公所的人員態度比起以前實在好太多了！」

原來，他多年以前，也曾有機會辦理其他手續，承辦人員愛理不理的，工作效率也差，和今天眼前所見相較，簡直不可同日而語。

的確，區公所裡的辦事人員都稱得上態度認眞而且溫和。

「你看，民選的市長到底是不同！」對方振振有詞的說。

「選票是有力量的。選民的支持，才得以當上市長或民代，也因此做起事來更要顧及民意。這使我們的民主政治更爲進步和發展，福眞是全民之福。」

因而當我們手中握有選票時，就要選賢與能，絕不能讓黑道和金牛介入。如果，我們輕易的踐踏選票，那麼，臺灣前途遲早會被葬送，一切都咎由自取，我們還能怨怪別人嗎？

選舉是神聖的，不可輕忽大意。不要悲觀的認爲：我不過只有一票，能發揮什麼作用？需知團結力量大，集衆人之力，當沛然莫之能禦。民心的向背從來如此。

衆志可以成城，選票亦有其威力，能不謹愼嗎？

# 颱風天

颱風天既不方便出門，反而可以和家人一起談天，平日各忙各的，難得聚首；要不讀讀書，輕鬆悠閒的過一天，也很歡喜呢！

颱風天時，我留在家裡，沒有出門。

大雨已至，看簷前的水柱奔流，彷佛也挾著千軍萬馬之勢而來，有懾人的聲威。盛暑之下，能得著這般清涼的時刻，也不常有。除了擔心颱風帶來的種種災害，其餘都還挺好的。

颱風天既不方便出門，反而可以和家人一起談天，平日各忙各的，難得聚首；要不讀讀書，輕鬆悠閒的過一天，也很歡喜呢！

我的朋友曾經在颱風來臨前出去逛街購物，我認爲她太大意了。

她卻說：「可是，天氣很好呀，到處都是人潮，一點兒也不覺得颱風就要來了。」

不料，天公突然變臉，但見風狂雨驟，颱風就已登陸，行不得也，險險就要流落街頭。「非常可怕，樹枝折斷，招牌掉落，簡直就要嚇壞了。」她餘悸猶存的陳述，幸好吉人天相，終於平安返家。

颱風天若不遇停話，倒也適合與朋友聯絡，可在電話裡探問近況，氣候不好，朋友也多半在家，不會有找不到人的顧慮。

也許是因爲自己的生活簡單，住處也安全，颱風對我的影響不大，只不知主婦們是否又要開始爲那節節攀高的菜價發愁？

你呢？颱風天時，你都做些什麼？想些什麼？

# 傷心

做爲一個有良心的知識份子，肯於堅持理念，雖千萬人吾往矣，本來就是一件艱苦的事；然而，泯滅良知，有若行屍走肉，又豈是自己所願？

在我心裡常有許多的疑問。

明知道他們不很可愛，常規訓練尤其不足，我卻以爲，天下哪有做不到的事情？於是，費盡心力去帶領他們。有的孩子沒有禮貌，總要苦口婆心一再地勸導，可嘆違規的事件多，讓人禁不住要懷疑：在潛移默化裡，果眞有它的功效嗎？那麼，什麼時候頑皮的孩子才能循規蹈矩呢？

有更多的時候，我看到的是他們的無動於衷。

那天，他們敷衍了事地讀我給他們的剪報。有的人嘴巴雖然開開合合，卻完全不發出任何聲音；有的人把剪報給推得老遠，枯坐在那兒，不知在想些什麼？有的人左顧右盼，神不守舍……天啊，難道讀幾篇佳作會是多餘的嗎？全然抹去了我深夜忙碌的辛勞，也好似對我所給予的善意不屑一顧。

不識好歹，竟至於此！

當我心血耗盡，我可曾見到黑夜裡亮出的曙光？

愛上一群不可愛的孩子，竟成爲我的磨難。是不是生活裡從來都太順遂了？在順境中所能習得的，畢竟相當有限，於是，當我面對這群淘氣天使，才眞正發現，教育的愛未必容易施展。當原本純潔的孩子也染上了功利主義的色彩，欠缺理想的追尋，我無法想像國家的前途會是怎樣的暗淡無光，怎不令我憂心忡忡呢？

如果我肯因循苟且，其實大可以把日子過得非常輕鬆，何需這般執著經營，步步荊棘，難以前行？

如果我肯及早放棄他們，那麼，所有的傷心都可以減少，只是，我到底身受師長培育之恩，情深義重，又何忍獨善其身？

教育應該有它正面的功能，它使一個人在良好的薰陶裡品學兼優更具有能力。接受教育，主要在於習得爲學和做人的道理。倘若，僅偏重於知識的傳授，因善於考試而得取高分，卻只是自私自利，毫無道德、禮貌，不懂得如何與人相處，不知有國家民族，這該是多麼嚴重的偏差啊。

做爲一個有良心的知識份子，肯於堅持理念，雖千萬人吾往矣，本來就是一件艱苦的事；然而，泯滅良知，有若行屍走肉，又豈是自己所願？

想到這兒，哪能不傷心呢？

# 輯四·無樂

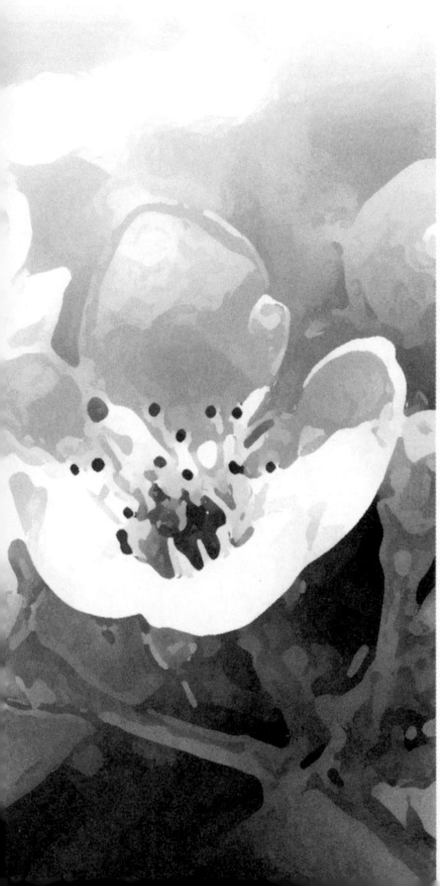

# 求好

一個人因著他的好而須承擔更多的重責大任，旁人也因看好他而不免對他有更高的期許，這都屬人情之常。

人生在世爲的是求好。

因著「求好」一念，於是我們有了上進之心，由無知到有知，由幼稚到圓熟。爲了求好，我們發揮潛能，精益求精，惟恐落於人後，從而有了相當可觀的成果。

有一回，我在書上讀到這樣的句子：「好香用以熏德，好紙用以垂世；好筆用以生花，好墨用以煥彩；好茶用以滌煩，好酒用以消憂。」心中有著很深的感觸。

在現實生活裡，香紙筆墨茶酒都是尋常事物；然而，其間的品質亦有高下之別，最上等的，當然更有大用。那麼，一個人因著他的好而須承擔更多的重責大任，旁人也因看好他而不免對他有更高的期許，這都屬人情之常。仔細想想，生命的價值不也由於自我的實現而對人群提供更多的服務嗎？

我們又怎能不求好呢？所謂「人往高處爬，水往低處流。」難道就因爲害怕負更大的責任，而一心想要規避嗎？這那是大丈夫的行徑？積極求好，自我鞭策，惟有這般努力，我們方能日有進境，也才不枉此生。

# 光采

我相信人生是一條無止盡的學習之路，也是從那一刻開始，我了解到生命的意義是在不斷的奮發向前、力爭上游。

久別不見的老朋友對我說：「現在的你，充滿了自信。」那麼，他的言下之意是，以前的我比較畏縮退讓，很沒信心嘍。仔細想想，也有幾分道理在。到底是什麼原因使我改變了呢？

我相信人生是一條無止盡的學習之路，也是從那一刻開始，我了解到生命的意義是在不斷的奮發向前、力爭上游。自此，消極頹唐遠去，再不作無謂的煩擾。在清明裡，反而更能明白前方的目標，可以心無旁騖，認眞追尋。

或許，正是這種努力以赴的生活態度，慢慢讓我明白，只要肯下工夫，都可以見到小小的成果，日積月累之後也必然可觀。人在做，天在看。世上沒有不勞而獲的事情，「功不唐捐」的事實也給了我很大的鼓舞。

我常在別人身上得到啓發。別人之所以能出類拔萃，全是由於他的聰明才智嗎？實則未必。多半是因著他有高遠的理念，願意鍥而不舍、永不放棄，故而活出了生命的光采，煥發出一片生機來。

凡事肯踏實去做，一步一腳印，自然日起有功。只要工夫深，鐵杵還能磨成鏽花針哩，何愁事之不能成？

所以，慢慢來，循序漸進，莫要著急。深信一己的努力必有益於世人，我們的心中便洋溢著快樂了。

光采來自歡愉的心境，在別人的眼中更增添了魅力。

生活有理想，生命便更形深邃，顯得有價值多了。

# 時間的魔術

時間好像是個魔術師，它可能變出個大驚喜，也可能是一場虛空；探究原因，只在於你的努力與否。

因著時間的累積，所有的努力才看得到成果。我們憑什麼要求立竿見影？又憑什麼希冀一步登天？世上那有僥倖可得的呢？只要工夫深，鐵杵尚且可以磨成鏽花針，何懼事情不能成功？

所以，不要忽視日積月累的成效，這就是爲什麼有恆與成功密不可分了。滴溜足以穿石，憑藉的也正是長久的時間。前人鼓勵我們：「不怕慢，只怕站。」也是相信日起有功的。凡事慢慢做，久了，也會看得出成績來；不去做，則一無所成。你呢？你做怎樣的選擇？

有的人太急功近利；可是，揠苗助長又得著什麼好處呢？不過是徒勞無功了。有太多的事情都需要循序漸進的過程，如果想省去過程，直接攀摘成果，那麼注定要一無所有。

做學問也是這樣，是那一字一句的細讀和省思、歸納和整理，最後終於得以在學術的花園裡綻放繽紛的花朵。做學問需要花費多少工夫始克有成！倘若沒有那勤奮不休的工作、一磚一瓦的堅實，根基又何能穩固？胡適先生説得好，爲學當如金字塔，既要廣博又能高深。然而，其間的種種辛勞，該也不難想見。

我對每一個認眞踏實的人表示由衷的敬意。我明白，既有這般鍥而不捨的努力，成果必在可預見的未來，即使今未能目睹，也已爲期不遠。

時間好像是個魔術師，它可能變出個大驚喜，也可能是一場虛空；探究原因，只在於你的努力與否。

耕耘和收穫之間是因果的關係。細細思量，時間的魔術並不玄祕，平凡的我們也能洞澈。

# 讓人敬重的女子

一個女孩子只成爲美麗的花瓶是很可悲的，別人或許會喜歡你，卻未必會打從心底看重你。何況，外表的美稍縱即逝，難以抵擋歲月的殘酷。

做一個讓人敬重的女子，一定要肯上進。

有上進的心，才不會隨波逐流，人云亦云。有上進的心，願意學習，胸襟寬廣，視野便不會受到局限和障蔽。有智慧、肯謙卑、懂上進，當然就容易受人尊敬。

如果從來只關心個人的利益，我以爲不免格局太小。自私的人怎會快樂呢？連自己都不快樂的人又怎能帶給別人快樂呢？

我有一個長得漂漂亮亮的朋友，不只外表艷光四射，還是個專業的電腦人才。

認識她的人，不免跟她開玩笑的說：「搞什麼電腦？多麼辛苦啊！其實，你靠容貌，就可以衣食無缺啦！」

她說：「我很早就知道，一個女孩子只成爲美麗的花瓶是很可悲的，別人或許會喜歡你，卻未必會打從心底看重你。如果要贏得別人的尊敬，必須眞才實學，有一技之長，何況，外表的美稍縱即逝，難以抵擋歲月的殘酷。」

聽她這麼說，就可知她才貌雙全，不可小覷。

的確是極有見地的話語。人活著，要有尊嚴，要受敬重才好，這些絕非不勞而獲，總得要有眞本事、肯上進才行。

# 抉擇

人生也像一張藏寶圖，有許多分叉的枝椏，做決定要精準，有各種發展的可能，充滿了期盼和懸疑，在在扣人心弦。

抉擇很重要。正確的抉擇，才能使所有的努力變得有意義；錯誤的抉擇，不過是使努力徒勞而一敗塗地。

人生其實充滿了無數關卡，我們常常會面臨抉擇，以個人的智慧經驗做出最好的判斷，幾乎很難有再回頭的時候，因爲生命只有一回，無法重新來過。人生也像一張藏寶圖，有許多分叉的枝椏，做決定要精準，有各種發展的可能，充滿了期盼和懸疑，在在扣人心弦。

孫越從知名演員到投身公益事業，陳艾妮從雜誌主編到拾起畫筆，杏林子從作家到創建伊甸……捨下原有的成果，轉而投注另一片天地，成敗事前未能預卜。這般的抉擇並非輕易可爲，但是，他們終究體認其間的深意而毅然有所取捨，也終於看到了佳績。其勇氣和毅力讓人肅然起敬，值得我們學習。

在面臨抉擇前，一般人常舉棋不定，無所適從，甚至會在抉擇後，悔不當初。爲什麼會這樣呢？如果曾是經由縝密的思考，那麼，如此的抉擇應該是在多方考量後，更適合自己的。至於事後的懊惱不迭，莫非認爲沒被選上的才是更好的？一個人如果不能愛自己的選擇，勇於承擔一切的後果，那麼，也算是一種不負責任的表現吧！

抉擇要愼重，不可輕忽大意，既已選定，便要全力以赴。除非確定選擇錯誤，否則不應輕易更改。凡事總在日積月累後，方有所成。

# 嚮往

我們將內心的美夢化爲實踐的力量，一步一脚印，不怕慢，只怕站。只要工夫下得深，終究會有所成。

如果說，人生因夢想而美麗，那麼，一個人的心中擁有值得追求的理想，該也是一件幸運的事。

年少的時候，我們有太多高遠卻不務實際的想望，因著不夠踏實而逐一幻滅。原來，青雲有路，當以努力爲梯。當我們眞正明白了這個道理時，青春也已漸漸遠颺，我們將內心的美夢化爲實踐的力量，一步一脚印，不怕慢，只怕站。只要鍥而不捨，工夫下得深，終究會有所成。

而你，你的嚮往是什麼？

陶淵明可以大嘆「歸去來兮，田園將蕪胡不歸？」掛冠求去，再不肯爲五斗米而折腰，他嚮往的是田園自在的生活，而非送往迎來、委曲求全的官場文化。范仲淹的「先天下之憂而憂，後天下之樂而樂」的民胞物與精神，顯現了他的坦然無私，嚮往的是國祚綿長，天下太平。

眞的，人生追求的，無非是一個嚮往。問題在於是否崇高遠大，有傾力追求的志氣。

名利是多少人私心羡慕的，如果只爲一己著想，境界便也低俗了。最好是能跳離名韁利鎖的桎梧，走更長遠的路，有益於世道人心、福國利民。

因著對生命的嚮往，而激發出積極向上的勇氣和行動，終於彰顯了可貴的毅力，令我們景仰。日日行，不以寸進爲少，久了之後，終可看到堅持的成果，豐碩而又美好。

嚮往，是我們心中的目標，不因徬徨無所依歸而迷失了方向。人生因有夢想而變得美麗，也因肯追求嚮往而更有意義。

# 夜晚的漁港

往日的寧靜終究成爲過去，如今，它生財有道，四處的燈火可見，這情景不免讓人有失落的感覺，如何再尋當年的簡單純樸呢？

夜晚的漁港，有船兒靜靜的停泊。想白日這兒必是熱鬧的，有的檢修、有的出航、有的進港……還有奔跑忙碌的人們，現代化的碼頭，也吸引了更多的船舶前來停靠。

而在童年的記憶裡，漁村破舊而簡陋，倒是那遠處的帆影如畫，盛載了我們無數的夢想。男兒立志出鄉關，凌雲壯志可隨船而去，此後海角天涯任飄泊，又是何等的浪漫情事！這般的情懷當日雖未及實現，畢竟延展到成人的世界。當工作的壓力沈重，繃緊的絃彷彿就要斷裂，於是，總在夜晚時候到附近的漁港閒步，明亮的燈火之下，竟是喧嘩的人群，原來是有人賣新鮮的魚貨以及各種吃食。例如：地瓜餅、烤魷魚……空氣中洋溢著一股奇特的味道，卻又說不真確，總之，這氣味是漁港所獨有的。這般走走瞧瞧，我緊張的思緒得以紓解。

今昔相較，漁港也有了明顯的不同。往日的寧靜終究成爲過去，如今，它生財有道，四處的燈火可見，這情景不免讓人有失落的感覺，如何再尋當年的簡單純樸呢？

唯有深夜的漁港，人已散盡，萬籟俱寂，才像一首無言的詩吧！

# 山水因緣

世間的因緣常無可解說，爲此，我們更要善自珍惜。有珍惜的心，才能減少憾恨，擁有眞正豐足而圓滿的人生。

我們與美麗山水的相遇，也和他人的相識一樣，其間自有因緣。如果機緣未到，即使相距不遠，也仍然無暇一遊呢！

年少時，我喜歡山水的清音，常呼朋引伴，一起遊山玩水。名勝古蹟必有引人之處，固當一遊；不知名的小徑清泉，鳥鳴山更幽，也有動人的地方，又怎可放過？其實，青春是這般的耀眼，有好友相陪，世上又何處不美呢？尤其是在記憶裡，每一次回想，總帶有溫馨甜蜜以及夾雜著對如蘆花般四散友朋們不捨的記掛。

做事以後，少有閒暇，日子總是忙碌不堪，山水的清音何處再尋？

也只有徒呼奈何了。有時候不免又想，會不會連遊山玩水也有一定的福分呢？既已享盡，當然便不再有了。如此一想，倒也心平氣和。

有一天，我重讀張潮的〈幽夢影〉，見其中有這樣的一段話，發人深省，十分喜歡。

他說：「有地上之山水，有畫上之山水，有夢中之山水，有胸中之山水。地上者妙在邱壑深遠，畫上者妙在筆墨淋漓，夢中者妙在景象變幻，胸中者妙在位置自如。」

原來，早些年我所鍾愛的山水，不過只局限於地上而已；還有畫上、夢中及胸中的山水未曾領略呢！原來，宇宙間包羅萬象，唯有那眞具靈慧之心的人，則目之所遇，無處不是山水，也無處不可以欣賞了。

世間的因緣常無可解說，爲此，我們更要善自珍惜。有珍惜的心，才能減少憾恨，擁有眞正豐足而圓滿的人生。

# 生活中的創意

眞正好的廣告，絕不在賣弄和煽情，而要訴諸人性，在生活中，給予思考和啓發，才會帶來感動。

他是出名的「廣告創意人」。面對一個和自己不同領域的傑出人物，我難免想要問他，在他身處的廣告行業裡，他看過哪些特別印象深刻的廣告呢？

他提了一些。他說：「我覺得眞正好的廣告，絕不在賣弄和煽情，而要訴諸人性，在生活中，給予思考和啓發，才會帶來感動。」

這話說得很有道理。所有的天馬行空，距離我們都太遙遠了，唯有落實到生活裡來，以眞誠的態度，喚起我們內在的善意，才感人至深。當廣告內容令我們有所感動時，其所陳述的一切，才能深入我們的心中。

創意人一定是很聰明的人，腦子裡充滿了許多新的點子，這多麼叫我們羨慕啊。

對方聽了，不免莞爾。「其實，生活裡處處都是新奇。我常在我家的陽臺上澆花，有蝴蝶，有螞蟻，甚至還有蜜蜂來築窩，我指給孩子們看，他們睜大了好奇的眼睛，專注的觀察，也帶給我很大的快樂。所謂的創意，並不在於刻意去想個點子，而是以體貼的心，仔細觀察，而後有一個和別人不同的發現和處理罷了。」

這麼說來，每個人都有可能成爲創意的人，這話讓人聽了開心。忙碌的現實生活，常令我們爲衣食奔波而難以顧及其他；實則，應該替自己留點兒空閒，看山看水，讀雲讀樹，在細心觀察之後，說不定我們也能別有一番創意出現呢。

做個生活中的創意人，但願有一天我們也能如是。

# 淡水小鎮

飛揚的青春極易被外界的景物所吸引，何況，現實生活裡也無風雨，心中除了傷春悲秋，只道山色看不足了。

那些年，淡水還有小火車時，我們常跑去玩。低矮的民宅、樸實的街道、熱鬧的渡船口、開心的孩子，這是淡水小鎮給我的最初的印象。還有紅毛城的落日、淡江大學古色古香的建築，尤其是雨後蒼翠的觀音山和小路，都留給我難以磨滅的記憶。

淡水，曾經像臺灣其他許多的小鎮一樣，如純樸的村姑，不沾惹世俗的塵埃。那年，我剛到臺北讀書，想家想得厲害時，便約三兩好友去淡水玩。街市走一遭，鄉愁似乎得到慰藉。或許是因爲那時候年輕吧。飛揚的青春極易被外界的景物所吸引，何況，現實生活裡也無風雨，心中除了傷春悲秋，只道山色看不足了。

我們吃阿婆鐵蛋，喝魚丸湯，再買些花枝丸子帶回宿舍請室友們吃。雖然不是山珍海味，卻感到滋味無窮。年輕時，愛笑愛鬧，後來方知，我們正在儲存日後的懷想，點點滴滴，不能忘記。

年少輕狂，幸好當時民風單純，沒有走岔路。畢業時，揮一揮衣袖，帶不走任何雲彩，但回憶的行囊全已裝滿，到底是不負此行。

臨畢業前，又去了一趟淡水小鎮，偏偏逢著下雨，只好到人家屋簷下避雨。看那紛飛的雨珠，不知是否上天多情，一路揮淚相送？雨後，小鎮的靜謐一覽無遺，是上天希望我能記住這小鎮最美的容顏吧？

別後多年，小火車早已停駛，重逢時，已不復當年風貌了。太多的房子蓋了起來，遮掩了昔時風華，我的心中不免惆悵。然而，物換星移，我也走入哀樂中年了。

我也去吃花枝丸，也吃阿婆鐵蛋，也喝魚丸湯，卻總覺得滋味遠不如當年。也許眞正改變的，並不是這些吃食，而是我的心情。誰又知道呢？

# 寬容的愛

我以比較寬容的心來面對學生，我也明白寬容並不等於放任，依然有原則要遵循。

教書都二十年了，時光過得多麼快啊，彷佛只在轉瞬之間便已流逝。

朋友問我：「在這麼漫長的歲月裡，你的教學態度是否維持初衷？」

仍然是愛學生的，仍然願意費盡心力去帶領他們，只是，初執教鞭時，我不免求好心切，一副「恨鐵不成鋼」的模樣，總覺得何以這麼簡單的事情都做不好？解釋背不來，課文默不出，想必是不夠用功，應該一讀再讀。我服膺的是「事在人爲」、「勤能補拙」、「一勤夾下無難事」，只要肯努力，何事不能成？

現在的我，雖然也盼望他們能在學業上更求進步，畢竟把書讀好是學生的本分；但我卻更希望他們守規矩、有禮貌，將來都會是堂堂正正的好國民，做一個眞正踏實快樂的人。

其間的轉變，該有我的學習和成長吧！

讀書也關乎天賦和興趣，不是每個孩子都有足夠的資質能把書讀得十分好，也未必是每個學生都對讀書有著濃厚的興趣，但，只要有一技之長，有正確的人生觀，那麼，便得有安身立命之處，能於自己的國土上奉獻所學，也才是實質回饋了社會。

我以比較寬容的心來面對學生，我也明白寬容並不等於放任，依然有原則要遵循。我也知道每個人都有他的個別差異，身爲師長要經常鼓勵他們，看重自己也尊敬他人，清楚自己的優點也找到屬於個人的前程。行行出狀元，人間行路，到底不是只有讀書一途。

我站在一個比較體諒的立場來看待一切，我也察覺自己更快樂了些。

# 依然芬芳

書中日月長，願意親近書的人，必然蒙受上天眞誠的祝福。書頁芬芳，唯有打開它的人，方能領會和享有。

從傳播媒體上得知：只要是台北市的市民，可以拿户口名簿就近到市立圖書館的分館去辦理一張「家庭圖書證」，每次可借出書籍二十冊。

這眞是個好消息，相信有助於推行書香活動。

於是，我找出了「台北便民手冊」來，發現單只我住的萬華區就有四個分館，一一查詢所在，圖書館總是愈在近處愈能發揮功效。

多年來，我一直習慣到國家圖書館查閱資料，那兒的藏書豐富，環境寬敞，提供了坐擁書城的快樂；何況，洋溢於書頁之間的智慧和雋永的滋味，散發著芬芳的氣息，中人欲醉。美中不足的是，所有的典籍只可在館內閱讀，一律不准外借。

市圖的柳鄉民衆閱覽室離我家最近，走路可以到達。比起國家圖書館來，它是小巫見大巫了；然而，麻雀雖小，五臟俱全，不論各種書報雜誌全屬開架式，任君取閱，非常便捷可喜。

這個閱覽室高踞四樓，我從窗口望去，看見不少公寓房子，棟棟相連。我想，柳鄉民衆閱覽室正可以成爲他們的好鄰居，也的確，它扮演著社區圖書館的角色。我常看到母親帶著孩子一起來借書，也看到朋友相偕來選書。有的人安靜的看報，有的人在翻閱近期的雜誌……感覺很溫暖。書中日月長，願意親近書的人，必然蒙受上天眞誠的祝福。

書頁芬芳，唯有打開它的人，方能領會和享有。

# 校園

何以紅塵糾葛常縈繞心頭，不能忘懷呢？細想來，只怕是我執太深，不肯忘卻，於是，像自作的繭，苦苦把自己縛住，難以掙脱……

清晨，我走在校園裡，深覺得它寧靜而美好。

這是一天中的快樂時光，因爲繁重的工作尚未開始，我的心是悠閒的，可以看花看草，讀天色讀樓臺。美麗寬廣的校園確實有助於靈慧之思的培養。

舉世聞名的普林斯頓高等研究院，便被公認是「知識的伊甸園」，提供知名科學家沈思和冥想之用。進駐於此的，包括赫赫有名的愛因斯坦、歌德爾、戴森、歐本海默等大師級人物。它的地點開闊，尚且有森林環繞，林蔭之下可供學者散步，林中還有鹿呢！

所以，校園的重要不容忽視。

我喜歡清晨的校園，在靜謐裡給了我許多思索的機會。一個人於紅磚道上慢慢走著，天寬地闊，自有大氣象；但是，何以紅塵糾葛常縈繞心頭，不能忘懷呢？細想來，只怕是我執太深，不肯忘卻，於是，像自作的繭，苦苦把自己縛住，難以掙脫……

我知道，很快的，將有許多學生湧了進來，爲校園增添更多的生氣，熱熱鬧鬧，一如他們躍動的心，到那時，寧靜的氣氛勢必一掃而空。

噹！噹！噹！校園的鐘響了，一天的作息自此展開。這是一個多麼活潑的世界，到處洋溢著青春氣息。

# 你快樂嗎？

快樂值得追求，當我們願意為別人付出善意、關懷和愛，而不再只關心自己時，快樂也就在我們的心中了。

你快樂嗎？

也許你會說：「我有時快樂，有時不快樂。」為什麼會這樣呢？如果能時時都快樂，不是很好嗎？只是，恐怕不容易做到吧！

快樂的時候，讓我們想要飛翔和歌唱。比如說：得到師長的稱讚、和同學相處愉快、日行一善等。

快樂的原因很多，不快樂的理由也不少呢。有些人的不快樂，常是因為他太計較了。

他總是計較著，爲什麼老師比較疼某某同學，而不疼自己？卻忘了應該先要檢討自己的言行舉止：「我是不是待人友善？」「我熱心幫助別人嗎？」「我會不會在無意間說錯話傷了人？」「我常常眞心贊美而不嫉妒別人嗎？」……

他也總是計較著爲什麼自己老被叫去做家事，其他的兄弟姊妹卻可以輕鬆的玩。相形之下，豈不是太倒楣了嗎？豈不知這對自己是個很好的訓練機會，養成服務勞動的習慣，長大以後，更能承擔重責大任。

他總是計較著考試分數的高低，而未必切實了解老師的教導，其實分數只是學習的參考，更重要的是要能徹底明白。這樣，累積的學問才是自己的。

快樂值得追求，當我們願意爲別人付出善意、關懷和愛，而不再只關心自己時，快樂也就在我們的心中了。

# 準備

能先預爲準備的人，遇事便不會慌亂，在鎮定裡，智慧也就由此而生了，不作錯誤的判斷，便也少了繞道之苦。

有備，可以無患。

一個能在事前有周全準備的人，才能掌握成功的契機。換句話說，成功常是給予有準備的人。

如果，要等到口渴了，才想到來掘井，不嫌太晚了嗎？所以，應該要未雨綢繆，當然，能先預爲準備的人，遇事便不會慌亂，在鎮定裡，智慧也就由此而生了，不作錯誤的判斷，便也少了繞道之苦。

當我們在有所行動之前，絕不能衝動莽撞、一意孤行。準備得愈爲周延，結局的圓滿當可預期。不可存「船到橋頭自然直」的心理，否則，一旦釀成大禍，後悔已遲。我們在報上，常看到青年學生登山迷路的消息，結果動員了大批的人力前往救助，若能救得回來，尚屬幸運，有的竟是天人永隔！珍貴的生命竟至無可挽回，多麼讓人爲之痛惜。登山發生意外，何嘗不是出於準備不周呢？常自恃年富力強，卻不料突遇天候急轉，應變不及。所以，輕敵常是大患，寧可小心爲要，災害方能減至最低。

能斷，常奠基於愼謀，這便是準備的工夫。

人人都渴望成功，然而，成功不會憑空而降。我曾見過所謂的菁英人士，他們固然資賦優異，但，更重要的是他們的鍥而不捨，隨時充實自己，認眞以赴，終於大放異采。這種在事前就早已做好準備的人，成功已如探囊取物，何難之有呢？

我們常說：「好的開始是成功的一半。」文學名著《唐·吉訶德》中也有類似的話語：「有備便是勝利的一半。」可是事先周密的準備，當使我們穩操勝券。

你也希冀成功嗎？你已做好準備工作了嗎？

# 說聲對不起

道歉可以化干戈爲玉帛，可以冰釋彼此之間的誤會，更可以消弭仇恨。

常常，我們說「謝謝」容易，說「對不起」難。

原因在於：一般人認爲道歉有損自尊。

當我們道歉，其實是要鼓起更大的勇氣，那麼，說聲「對不起」，哪裡會是一種軟弱的表現呢？

道歉並非屈服於暴力之下，而是經由自我省思後，明白了自己的錯誤，願意承認並改過，是坦誠磊落的顯現，更是君子才有的風度。

相形之下，死不認錯才眞是懦夫所爲。由於堅持錯不在己，當然也就沒有改正的必要。於是，一錯再錯，終至不可挽回，等到大錯已經鑄成，後悔也來不及了。

道歉可以化干戈爲玉帛，可以冰釋彼此之間的誤會，更可以消弭仇恨。因著一方先行表示歉意，使原本對立的敵我，願意嘗試溝通，得以捐棄成見，更大的禍事也就不會發生了。

能先道歉的人，實則胸懷寬闊、大度能容；願意接受道歉的人也不失爲「識時務」。人間的歲月短促，多一個朋友總比少一個敵人好。

因此，當我們確認一己有疏失之處，那麼，便應該有勇氣說「對不起」，因著我們的眞心誠意，必可得到對方的諒解和尊重。最怕的是文過飾非，把過錯全推給別人，這種欠缺擔當的勇氣，讓人鄙夷，哪裡稱得上是大丈夫的行徑？

大丈夫當能屈能伸，縱使有錯，亦如日月之蝕，人人得而見之。大丈夫光明正大，勇於認錯，所以，廉頗負荆請罪，並無損於他大將軍的氣概，也永遠得到後人的景仰和稱揚。

我們需要有省思的時刻，讓我們明白個人的缺失所在。過則勿憚改，說聲「對不起」，誠心改過，我們依舊人品高潔。

# 記取

人生的道路漫長，一時的失利又算得了什麼呢？重要的是：有沒有愈挫愈勇的毅力？將來如果出人頭地，憑藉的，未必是一張文憑，而是個人的專長。

教書二十年了，見過許多聰明可愛的孩子，其間也不乏出類拔萃者，若論能言善道，你當屬第一。

會不會是因爲你的口才太好了，每回說起話來，總是振振有辭，理直氣壯，常讓我忘了你的年少？

剛教到你的時候，你讀國二，是班長。嗓門眞大，老是在喊：「你們不要講話！」班上的同學震於你的聲勢，常立刻禁聲，你的領導能力相當好。在還認不清誰是誰時，卻要推派代表參加班際演講比賽。

我教兩班國文，另一班沒人肯參加，抽籤的結果，被抽中的人又寧可棄權，令我不滿。不知道你們班是否也要讓我頭疼？你卻跟我說：「如果沒有人要去，那我去好了。」居然有人願意自告奮勇，我的確喜出望外。

平常忙著上課，上課是有進度的，還得應付各種考試，空餘的時間極少。有一節，不知怎麼的，竟然多出時間來，有人提議要你來說故事，你挺大方的，即使是在臨時起意的情況下，你說的是家中瑣事，但引人入勝，連我都聽得入神。

有一次，和你們導師提起你，導師說：「啊，你不曉得，他主持班會時，我在教室後頭批改作業。聽到他在罵班上的同學，句句有如刀削，厲害極了，差點還以爲他在罵我呢。」

我忍不住笑了出來。我想：有個能幹的班長，也一定幫了導師不少的忙吧。

有一次發國文試卷，你單脚跳著出來拿試卷。我大吃一驚。眞是頑皮，到底是個孩子！

又有一次，我認不出你試卷上的成績，你告訴我，我反問：「爲什麼你要這樣寫？」

「跟別人學的。」

「我們可以跟別人學，但是，學習要選擇，只學好的！」

爲此，你挨了一下手心，你倒無不豫之色。

又記得有一回考試，全班都考壞了，家長有不明事理的，居然咄咄逼人；導師被別班的同學搶白了幾句，哭了出來。你到講台上說話，十分沈痛，全班都哭了起來，果然雪恥圖強，迎頭趕上。

我常跟其他的同學說：「班長之所以能幹，是因爲你們給了他太多磨鍊的機會。各種比賽你們老是放棄，卻讓班長一再練習，學生時代原是學習的最好時機，你們卻拱手讓給班長，難怪他要愈來愈能幹了。」

你扮演著「管人」的角色，長此以往，會不會和同學形成對立呢？及待看到你和班上的同學興高采烈地玩在一塊時，才知是自己多慮了。

由於你的鋒芒太露，爭強好勝，說起話來常忘了也給別人留點餘地，再加上小小的年紀又整天思索著「人生的意義」，我常覺得：「好強的個性辛苦，早熟的孩子也辛苦，而你兩者兼具，我希望你將來是個快樂的人遠勝於飛黃騰達。如果你不快樂，即使功成名就也屬枉然。」

你曾在作文裡寫了一段感情故事。你的論說文一向極佳，抒情文倒不常寫，但那篇寫得很好，頗引起我的注意。我雖然好奇，卻以爲你有不告訴我的權利，所以我也沒問。倒是後來，你又連寫了兩篇相似的題材，我終於忍不住找你來說說話。其實，也只是一次聊天，談談你的家人、生活和未來。

已經升上國三了，升學的壓力如此大，面對著聯考，你也承認自己「輸不起」。

然而，人生的道路漫長，一時的失利又算得了什麼呢？重要的是：有沒有愈挫愈勇的毅力？將來如果出人頭地，憑藉的，未必是一張文憑，而是個人的專長。只是，此刻，拿這些話來跟你說，你聽得進去嗎？

談起妹妹，你說：「妹妹好奇怪，樣樣事都要跟別人一樣，我和她相反，我都要跟別人不一樣。」

我明白，你的特立獨行是要樣樣都比別人好。

也曾經見過你美麗的母親，有個這麼優秀的兒子，她一定很開心吧？

她卻說：「我常常擔心，他在老師面前，會不會沒有禮貌？」

我一直很欣賞你，你是個可愛的孩子。教書雖然讓人勞累，可是，能遇到肯受教的學生，也使教育工作變得極爲迷人和難忘。……

很快地，在驪歌聲中，你們就要各奔前程了。你的人緣慢慢變得更好，最讓我覺得安慰。大家都會記取曾經和你相處的歲月，悲歡與共，留下繽紛的回憶，將豐富了彼此人生的行囊。

# 給一個榜樣

時時提醒自己，凡事不可逾矩，總覺得有許多雙明亮的眼眸正注視自己，我哪能不戒愼恐懼呢？言教何如身教？師長應該提供好榜樣，讓學生們在他的言行舉止間潛移默化。

在朋友們的眼裡，我是個待人謙和、認眞求知且律己甚嚴的人。其實，也只有我自己知道，我所有的努力，我力求上進的心，只是爲了給年少的你們做一個榜樣。

教書以來，我一直全力以赴，自己喜歡寫作，也從中得到了許多樂趣，於是，總忍不住也想帶領學生同走文學的道路。仔細地批閱他們的作文，也給了熱烈的讚美和切實的建議，更讓他們時時與好書爲伍。在接受我教導的時候，他們也的確都有很好的表現，頻頻在校刊和報章雜誌中漂亮出擊，成績斐然。我是熱切而興奮的，遠比看到自己的文章刊登還要歡喜。

只是，當驪歌輕揚，所有遠去的身影全都沈寂了起來。他們遭遇了無法跨越的困難嗎？他們因鼓勵不足而放棄了努力嗎？這樣的結果令我哀傷；然而，他們到底年少，我不忍苛責。人性的弱點隨處可見，小小年紀的他們又如何能堅強面對、勇於克服呢？於是，我決定從一個幕後的帶領者「出走」，畢竟我是個大人，即使遭逢各種挫折險阻，也應該有勇氣安然走過。從此，我開始用心地在稿紙上描摩世間山水和紅塵的諸般情緣。我要讓學生們明白：在他們的生活周圍便存在著這樣的一個人，只因鍥而不捨的努力，終究可以擁有一點小小的成果，比如我。

平日，我稱得上是個溫和用功的人，教書以後，更加謹言慎行起來，時時提醒自己，凡事不可逾矩，總覺得有許多雙明亮的眼眸正注視自己，我哪能不戒慎恐懼呢？言教何如身教？師長應該提供好榜樣，讓學生們在他的言行舉止間潛移默化。

如果，我曾經努力教育過自己，希望日日都有進步，那是因爲我曉得：我必得成爲你們的榜樣。我必須是晶燦的星子，讓你們在黑夜中仰望；我必須是光明的燈，帶給你們溫暖和希望；我更必須是一座橋，指引你們正確的方向，告別童稚的昨日，邁向成熟的明天！

「給你們一個榜樣！」我堅持要做得更好，所以應先學得更多，在各個方面。

# 唱個歌兒給我聽

原來，好聽的歌聲竟宛如珠玉一般的瑩潔圓潤，足以撫平現實生活裡的粗糙和傷痕。

那年我生病，請了長假，大半的時間都躺在床上，哪兒也去不成，心境上的蕭索無可言喻。

常常有人打電話來探問，給了我許多的溫暖，有一天，有個學聲樂的朋友打電話來，我央她唱個歌兒給我聽。也許因爲那是個炎熱的夏日，於是，她隨口唱了「夏日最後的一朵玫瑰」。果然盪氣迴腸，扣人心弦。平日我們偶爾見面，常忙著說話，我幾乎沒什麼機會聆聽她唱歌。

原來，好聽的歌聲竟宛如珠玉一般的瑩潔圓潤，足以撫平現實生活裡的粗糙和傷痕。

從此，每當有人打電話來，我便會說：「唱個歌兒給我聽吧。」當然未必人人都有好歌喉，也並非大家都愛唱歌，其實我也不苛求，老歌、流行歌都行，甚至民謠、兒歌、廣告歌也無妨。

於是，日子有了新的期待，我歡喜領受這許多善意的關懷，也遺忘了原本盤據心頭的陰霾。

其中，我印象最深刻的是佳穎的歌聲。佳穎正在國外學音樂，趁回國省親之時給我打電話，「依規定」得高歌一曲。她唱的是自己創作的歌，詞曲都清新雅潔，有如聖詩，可以想見她內在的脫俗美麗。

高超的技巧的確可以使一首歌加倍悅耳，眞正動人的是歌者的心思和感情。眞誠使一首歌煥發出迷人的光彩，彷彿它也有了生命。

# 學問

有學問的人潤澤如玉，望之儼然，即之也溫，是謙謙的君子。在這五濁惡世裡，有如一彎清泉，音韻琮琮，足以滌盡塵俗。

我敬重有學問的人。

是那樣的孜孜矻矻，力學不倦，在日積月累之後，方才成就了大學問。

立身濟世的根本在學問。古人甚且說：「人之能爲人，由腹有詩書。」可見對學問的看重。一個人由無知到有知，由幼稚到成熟，常是學問之功，因而求學是必須，力學更是重要。

然而，放眼今日，重視錢財更勝於學問的比比皆是，其實，這是功利社會所呈顯的短視。當太多人以競逐財富爲尚時，仍願意固守寂寞、認眞做學問的人，就更顯得可貴了。但，畢竟每個人對理想的界定不同，或許也有如鐘鼎山林各逐所愛吧。

而我實則更相信：「金璧雖重寶。費用難貯儲。學問藏之身，身在則有餘。」總以爲學問給人的影響更多。至於錢財夠用即可，無須耗費大量的心力去經營；何況，把財富留給子孫，子孫未必能守，說不定還是引發禍害的開端呢。

但學問的得來不易，民初林琴南的《訓子文》中有：「力學是苦事，然而如同四更早起，摸黑走路，是越來越明。好遊蕩固然是件樂事，但如傍晚出門，趁亮而行，可是越向前越黑。」雖說好逸惡勞是人的本性，但力學先苦後甘，持續不懈，終於大有所成；而放蕩形骸雖享有一時感官的逸樂，然而終究不能持久，毫無遠景可期。

有學問的人潤澤如玉，望之儼然，即之也溫，是謙謙的君子。在這五濁惡世裡，有如一彎清泉，音韻琮琮，足以滌盡塵俗。

# 快樂來自分享

快樂不在得到的多，更在計較的少。愈能關心別人，願意和別人分享的，快樂反而增多了。

我們常說：「施比受更有福。」施，就是給予。給予的快樂，源自願意和別人分享。

無論我們的手中握有多少財富，財富雖令我們衣食無缺，卻未必能帶來深刻的快樂。更可貴的，應該在於我們待人的眞誠，願意付出關懷和愛去幫助別人，也促進了整個社會的和諧安樂。

當我們抱著滿懷的鮮花，如果我們肯將花分贈給需要的人，那麼，鮮花的芬芳不只盈袖，更因此得以遠播他方。這，不是更爲美好嗎？

所以，獨樂樂不如衆樂樂。倘若，只像守財奴一般固守著個人的快樂，不肯和他人分享，其實，那樣的快樂是極爲有限的。

我以爲：快樂應該也可以像香水一樣，播灑在空氣之中，四周的人都得以共享馨香的喜悅。因此保持心情的歡愉是一種責任，讓每一個和我們接觸的人都受到了感染。

快樂不在得到的多，更在計較的少。當一個人從來只關心一己的利益，只自私地爲個人打算時，他多半是不快樂的。愈能關心別人，願意和別人分享的，快樂反而增多了。心靈上的充實和滿足，才使得快樂恆常佇足。

誠如莫泊桑所說的，生命雖不如想像中的好，也絕不如想像中的壞。既有日麗風和的迷人，也會有風霜雨雪的苦惱，一如四時的更迭，常交替著出現。那麼，就讓我們坦然面對而不再有所怨尤吧。在生活裡，做一個常常帶給別人快樂或製造歡笑的人，當別人的臉上綻放出笑靨時，自己的快樂便也在其間了。

倘若，我們時時樂於和別人分享，我們寬闊的胸懷必能包容更多的美善。生命，的確是在不斷地和別人分享中，變得豐富起來。

# 後記

《心情不下雨》是我在國語日報少年版的一個專欄。寫的是心情札記，坦誠無所隱，我也喜歡這樣。

平日裡，曾有許多思索，我將它們一一筆之於文。也許是思維中的靈光乍現；也許是日常生活的忠實映照；也許是目之所遇，曾經叩響我心弦的故事……

今生緣會，無論人事物，在在值得珍惜，也必然爲我生命的歷程留下了履痕。

也因爲專欄中的稿，字數尚不足以成書，故而將相近的文類收集在一起，它們發表在其他的報紙副刊或雜誌。

寫作多年，初心仍在，願盡一切的努力，播撒眞善美的種子，冀望有朝一日，蔚爲萬紫千紅的春天。

感謝所有曾善待我的人，我自知不夠好，卻也由於這般殷勤的鼓勵，戮力以赴，期盼能做得更周全圓滿，不辜負大家的美意。

琹涵　八十七年暮春

## 琹涵作品系列

| | |
|---|---|
| （1）陽光下的笑臉 | 定價150元 |
| （2）忘憂谷 | 定價150元 |
| （3）生命之愛 | 定價150元 |
| （4）心中桃源 | 定價150元 |
| （5）春天的拜訪 | 定價150元 |
| （6）愛，正是陽光 | 定價160元 |
| （7）青春的容顏 | 定價160元 |
| （8）心靈花園 | 定價160元 |
| （9）心情不下雨 | 定價160元 |

她是國中國文課本中，最年輕的女作家。「成功」一文原載於《陽光下的笑臉》，入選國中國文課本第三冊。

她是第25屆（1990年）中山文藝獎（散文類）得主，得獎作品為《心中桃源》。

她的作品是被各高中、高職聯考閱讀測驗試題中，次數最多的作家。

她的作品是作文與寫作的最好範本，也是寫週記與讀書心得的最佳良伴。

國家圖書館出版品預行編目資料

心情不下雨／琹　涵著・-- 第一版.
-- 臺北市：文經社，1998（民87）
面；　　公分. --（文經文庫；151）
ISBN 957-663-212-9（平裝）

855　　　　87012937

文經社

文經文庫 151

# 心情不下雨

著 作 人—琹　涵
責任編輯—管仁健　　封面設計—黃聖文
發 行 人—趙元美
社　　長—吳榮斌
總 編 輯—王芬男
主　　編—管仁健
美術設計—莊閔淇
出 版 者—文經出版社有限公司
登 記 證—新聞局局版台業字第2424號
＜總社・編輯部＞（文經大樓）：
地　　址—台北市 104 建國北路二段66號11樓之一
電　　話—（02）2517-6688（代表號）
傳　　真—（02）2515-3368
＜業務部＞：
地　　址—台北縣 241 三重市光復路一段61巷27號11樓A
電　　話—（02）2278-3158・2278-2563
傳　　真—（02）2278-3168
郵撥帳號—05088806文經出版社有限公司
印 刷 所—松霖彩色印刷事業有限公司
法律顧問—鄭玉燦律師　（02）2369-8561
發 行 日—1998年 11 月第一版　第 1 刷
　　　　　1998年 12 月　　　　第 3 刷

定價／新台幣 160 元　　Printed in Taiwan

文經社

文經社

文經社

文經社